Diego Garot

# Informe desde una Bañera

Premio Asturias Joven de Narrativa, 2023

Principado de Asturias

trabe
Uviéu, 2024

*Para Jesús y Elena*
*Para Andrea*

David Foster Wallace abre aquel mítico discurso en Kenyon College –transcrito luego en *Esto es agua*– con una fábula simple y efectista: dos peces jóvenes van nadando y se tropiezan con un anciano pez que los saluda y les pregunta que cómo está el agua; más tarde, tras despedirse del pez viejo y continuar nadando, uno de los peces jóvenes se gira hacia al otro y, extrañado, le pregunta: «¿qué diablos es el agua?»

Que qué tipo de persona alojaría un enorme frigorífico, un microondas, una sandwichera y unos cuantos platos usados dentro del cuarto de baño. Y que en el mismo baño del mismo Tipo también nos hemos encontrado con una torre de libros que roza el metro y medio de altura, varios cuadernos con oraciones inconexas, un ordenador portátil con el cursor inquieto, muchos bolígrafos a punto de enjugarse, etcétera.

Desde que nos hemos instalado aquí, viendo que la pequeña ventana del baño y la vieja puerta de madera –únicas vías de acceso a otros lugares– permanecían totalmente clausuradas, los azulejos han comenzado a expulsar sudor por puro agotamiento. Resultaría irrealizable la tarea de contar el número de gotas de vapor brotadas desde cada poro de las paredes, millones de lágrimas que se desplazan resbalando pared abajo a velocidades aleatorias hasta agruparse unas con otras en las juntas renegridas de las baldosas que conforman el suelo. Y en cada junta negruzca, un sinfín de gotas; en cada junta negruzca, un festejo del agua.

En cuanto a la iluminación del baño, suele consistir en la pálida y temblorosa luz que se despliega desde el curvilíneo tubo fluorescente, y más en las horas de noche, cuando desde la ventana empañada ni se filtra aire ni se filtra claridad. De todos modos, esta ciudad casi nunca está suficientemente iluminada de manera natural, su sol es como una bombilla vieja y titilante, así que el cielo desparramado sobre nuestro techo tiende de modo irreversible a la bruma; a través de ese enturbiado y diminuto cristal del baño, por tanto, solo se cuelan ecos de conversaciones vecinales y tenues reverberaciones desde paredes anejas.

La felicidad está dentro, la felicidad está aquí dentro, piensa en bajito el Tipo.

Venimos a narrar la historia de un Tipo que habita en la bañera, despertándose cada madrugada unos minutos antes que en la madrugada anterior, con menos horas de sueño acumuladas y estimando, con pueril ilusión, que llegará la jornada en que no necesitará dormir en absoluto. El Tipo ha dejado de contabilizar las noches y los días que lleva viviendo aquí, no está seguro de cuánto tiempo permanece perseverando en esta decisión, en su decisión, si es que a esto se le puede denominar *decisión* y no, precisamente, la ausencia de cualquier decisión, la tendencia hacia el vacío, hacia la nada, hacia un hueco, hacia el cero más absoluto.

Comprobamos que la cortina de poliéster de la bañera está pasada, con el Tipo descorriéndola de vez en vez solo para volcar la vista bien afuera y corroborar que todo continúa más o menos igual y a la misma distancia: este frigorífico gigante, esa inestable pila de libros, aquellos platos manchados, los azulejos sudorosos que nos rodean, etcétera.

Sabemos que el Tipo *había sido* joven, sabemos incluso que el Tipo *había sido* apuesto. Pero elegimos precisamente el pretérito pluscuamperfecto de indicativo porque, ahora, imbuido del denso vapor de la bañera, el Tipo parece no tener ni edad fija ni belleza alguna. Principia a transformarse en un ser inerte, en un organismo nada animal, en parte de un nuevo bodegón nunca pintado por Velázquez: el Tipo visto como un objeto más de la bañera junto al gel de ducha, la pastilla de jabón, el champú anticaída, la mascarilla nutritiva y el ya deshilachado guante de crin.

Asume el Tipo el riesgo de convertirse en una naturaleza muerta en pos de los objetivos que afirma perseguir: alejarse de los ruidos de la calle y de las personas, lograr una no-dependencia absoluta, una suerte de evolución hasta que él o cualquier otro bañista pueda convertirse, tal vez, en un post-Humano. Todo parte del no, del negarse a seguir la velocidad del mundo, del negarse a los compromisos, del negarse a las relaciones vacuas. El Tipo concatenando noes: no revisar el correo electrónico, no ir a la biblioteca para devolver esos libros, no quedar con ese amigo que ya ni es amigo… Cada negación es una ficha del dominó. Tras tanto no, tras tumbar la última ficha del Tipo, ¿adónde acudir sino al origen, a la paz, a la bañera?

El Tipo, pobre crédulo, mantiene que llegará el momento en que seguramente no necesite nada en absoluto: ¿salir, reproducirse, comer, dormir, respirar? La comunicación es otra cosa según el Tipo, se puede hablar y escribir desde la bañera, esté uno solo o acompañado.

Y el Tipo que vuelve a llevarse con delicadeza el dedo índice de la mano derecha al rostro. Con el codo en lo alto y el puño de la mano derecha tapando el ojo derecho, el Tipo coloca el dedo sobre el labio superior, con precisión de relojero, a modo de bigotito enroscadito con las puntas arriba: mostacho Dalí. Y olfatea el dedo con regocijo el Tipo, con pasión, con alivio, con suciedad…: con un comportamiento del todo animal. El Tipo espira aliviado porque el olor sigue, el aroma permanece. Regresa el recuerdo de Ella; Ella está con él.

# 2

Que es un doctorando el Tipo según lo que sabemos, que lleva varios meses preparando una tesis acerca de los aspectos cartográficos que caracterizan a las regiones imaginarias creadas a lo largo de la historia de la Literatura universal desde un enfoque comparado: la Comala de Juan Rulfo –y es que, aunque también haya una Comala real, poco tiene que ver con la auténtica Comala que existe en *Pedro Páramo*–, el Yoknapatawpha de Faulkner, el Macondo de García Márquez, la Santa María de Onetti, la Celama de Mateo-Díez…, hasta el Mundodisco de Pratchett.

Y pronto, en uno de estos días, el Tipo tiene concertada una cita con la tutora para seguir avanzando en su trabajo, una cita anotada en el calendario Google y también en la memoria licuada del Tipo; pero a este ya no le apetece ir a la universidad, a pesar de que ello pueda suponer la pérdida de la beca predoctoral de la que se está lucrando y, por consiguiente, la fuente principal de ingresos que engordaba su famélica cuenta bancaria.

Por tanto, la tesis del Tipo sobre los famosos lugares literarios que nunca han llegado a existir en el mundo real ocupará con certeza un hueco lugar, un vacío, una nada. La tutora del Tipo llevaba ya unos meses desencantada por el desorden de este y por que en el trabajo, entre digresión y digresión, el Tipo pareciera extraviarse en el relato cuando quería transitar el camino infinito e irreversible que llevaba desde el capítulo de una de esas ciudades literarias hasta la otra. El Tipo perdiéndose en rutas sinuosas formadas por sus propias palabras. Además de esto, el ánimo del Tipo a sacar sus propias conclusiones sin basarse en las de ciertos autores de prestigio tampoco era del agrado de la tutora.

Comprobamos que la intención del Tipo es dejar, al menos momentáneamente, el doctorado, prefiriendo trabajar en la escritura de una novelita donde la protagonista absoluta sea el Agua. El Tipo recibió la inspiración en Portovenere, un pueblo situado en el norte de Italia, en la zona de Cinque Terre, donde pasó el último verano de su vida como no-bañista.

El Tipo visitó ahí un lugar en el que habían coincidido Lord Byron con Mary y Percy Shelley: el Golfo de los Poetas, nombre con el que bautizó el escritor Sem Benelli a este Golfo de la Spezia debido a que, además de los tres anteriores, pasaron por este enclave en diferentes momentos de la historia Dante Alighieri, George Sand, Gabrielle D'Annunzio, Cesare Pavese o Marguerite Duras entre otros. En dicho golfo, Byron da nombre a una hermosa gruta, un lugar bautizado así por haber nadado el Lord inglés el espacio que hay entre Portovenere y Lerici para visitar a su amigo Percy Shelley. Y, por si esto no poseyera la suficiente fuerza literaria, este, el poeta Shelley, perdió la vida no muy lejos del lugar, en las mismas aguas, en el mar de Liguria.

Todas estas historias habían impulsado al Tipo, que antes de vivir en la bañera había sido un gran nadador, a participar el pasado verano en la *Coppa Byron*: travesía a nado que pretende homenajear la gesta del famoso poeta inglés.

Y el Tipo, aunque él no iba a ser recibido por los Shelley a la llegada en Lerici, se había excitado pensando en la historia de esas aguas mientras nadaba, las mismas aguas que habían opuesto resistencia en las travesías de Lord Byron, aguas próximas a las que hicieron perecer a Percy Shelley. Pretendía el Tipo recoger en un texto todas las sensaciones que le abordaron mientras encaró la travesía: el sentimiento de grandeza al bracear en un mar con tanta historia literaria, pero también el frío, el cansancio muscular, el empuje de la corriente del agua, la perpetua tentación que le empujaba a parar de nadar… Y además pretendía describir lo que le sugería nadar en aguas abiertas: el poder del mar, la creación de la vida desde el agua y la imagen de un mundo extraterrestre habitando en el abismo bajo su cuerpo. La novelita tendría solo 7.852 palabras, tantas como metros tiene la travesía.

Comprobamos, sin embargo, que al Tipo no le resulta demasiado cómodo dedicarse al ejercicio de la escritura desde el cuarto de baño. Se acuerda él de Dalton Trumbo y de las fotos que hay del guionista estadounidense escribiendo desde aquella bañera en la que diseñó un artilugio a medida para facilitar su trabajo. Pero no dispone el Tipo ni de la habilidad necesaria ni de los recursos pertinentes para fabricar esa clase de escritorio.

El Tipo, no obstante, idea un dispositivo que se le ocurre derivado del recuerdo de una novela corta de Jack Kerouac: *Satori en París*. En ella, Kerouac relataba cómo se cubría con una bolsa de plástico para poder escribir al aire libre mientras la lluvia le golpeaba. Lo que hace el Tipo, en cambio, es abrir una gruesa bolsa de plástico que reposaba en la base de la torre de libros y rasgarla con un bolígrafo de tinta líquida para que dicha bolsa ocupe más espacio. A continuación, posa el plástico encima de la lámina de agua y, con mucho miramiento, deja un pequeño cuaderno sobre este plástico, ayudándolo a mantenerse en la superficie mediante una leve fuerza flotante que proviene de la mano no dominante del Tipo.

Con la otra mano, con la diestra, el Tipo comienza a escribir sin efectuar empuje alguno sobre el papel, deslizando el bolígrafo por la senda de los espacios en blanco del cuaderno, enlazando una letra con la otra y con la otra, una palabra con la siguiente y con la siguiente… Más que escribir, el bolígrafo patina sobre la hoja blanca. El Tipo no levanta el bolígrafo de dicha hoja, pero es consciente de que, al menor descuido, el cuaderno podría hundirse.

De repente, el Tipo alza la cabeza y la mano cesa en el ejercicio de la escritura. Levanta el bolígrafo después. Deja que pasen unos segundos, unos minutos, varios minutos incluso en los que permanece estático el Tipo, inerte, dejando que el cuaderno flote a duras penas sobre la lámina de plástico que aún sostiene débilmente con su otra mano. Revisa entonces el Tipo todo lo que acaba de anotar y, especialmente, todo lo que había anotado previamente, antes de vivir en la bañera –el cuaderno había sido empleado como diario del Tipo, el cuaderno guardaba aforismos célebres y aforismos creados por el Tipo, el cuaderno estaba lleno de inicios y finales para posibles novelas del Tipo, el cuaderno contenía una lista con comentarios sobre los últimos libros leídos por el Tipo, etcétera, etcétera–.

El Tipo, con absoluta calma y gesto impasible, comienza a arrancar de una en una las hojas del cuaderno que contenían todo lo anterior a la época en la bañera y, cuando este queda flaco de hojas, sumerge en el agua los jirones del papel arrancado. El papel comienza a perder solidez, a arrugarse y a tender a la desaparición: a ser nada, a ser agua. El agua pronto se tiñe de azul, de rojo, de negro, de verde: un festival de los colores que el Tipo había empleado para escribir. En la lámina más superficial de la bañera, por tanto, se forma una especie de bandera con rayas irregulares de estos colores, acaso símbolo de la nueva patria del Tipo.

El Tipo decide que no habrá más escritura al uso. Todo lo desaparecido quedará en la memoria del Tipo. Ni siquiera la novelita del agua es tan necesaria; aunque, por qué no, podría vender esa idea a alguien que no es bañista, a alguien espeso de imaginación.

«Bañistas que venden ideas, que viven de las ideas», piensa el Tipo. «Nada de lo anteriormente anotado importa», verbaliza el Tipo, sorprendiéndose de oír con claridad alguna voz, de oír su voz. El cuaderno, ahora enjuto sin las hojas de toda la época de no-bañista del Tipo, es posado junto a la base de la elevada torre de libros.

Pensaba el Tipo que había efectuado en la vida tantas vueltas de un penoso trabajo a otro, tantas conversaciones vagas y vacuas sobre el sentido de la existencia para, a la postre, arribar a la conclusión que extrajo el que dicen que fue el primer filósofo, Tales de Mileto: que el agua es el *arkhé*, que del agua viene todo, que todos los seres vivos contenemos agua, que en el agua está la respuesta, la génesis, la vida, el amor: *Love is in the water. The answer is water.*

Para qué le había servido al Tipo conocer a personas que no habían aportado nada a su conocimiento, personas que le habían tratado de engañar, personas que solo ejecutaban órdenes burocráticas y que nunca sacaban el cerebro a pensar fuera de lo establecido, personas que solo habían dejado un poso de rencor o de malas artes en el Tipo. El Tipo decreta entonces que no puede dejar el mundo de los no-bañistas así, que tiene un compromiso como ser que ha abierto los ojos a una nueva realidad, o como un ser que, según él, puede que los haya cerrado para encontrar esa realidad preexistente, esa iluminación que aguarda en el interior de todos los que se detienen ante la velocidad del mundo para así poder pensar con lucidez.

¡Cómo es que no se le había ocurrido antes al Tipo! ¡¡Eureka!!, grita el Tipo. Y es al menos, contabilizando aquella de Arquímedes, la segunda vez que se pronuncia esta expresión desde el interior de una bañera. El Tipo tenía la solución delante de él durante todo este tiempo, y era tan sencilla como *refundar* el Club de los Bañistas-existencialistas, un club conformado por personas de todo el planeta que comparten idéntica filosofía de vida: vivir en la bañera.

Según el Tipo, algo reseñable del club podía ser que había contado con importantes celebridades entre sus socios a lo largo de la historia. Y es que el Tipo, por lo que hemos podido saber, se dedica también a traducir desde el francés al español, y ha recibido hace unos meses un encargo de una editorial independiente: traducir una parte inédita de la correspondencia que Albert Camus y Jean-Paul Sartre se intercambiaron antes de ser enemigos irreconciliables. Lo curioso era eso, que el contenido de estas cartas, que no eran muchas en realidad y que abarcaban un lapso de unos pocos meses, permanecía inédito e incluso ignorado por editoriales más grandes en España y en el resto de países en realidad, ya que esta sería la primera vez que dicho librito se pudiera encontrar en un idioma que no fuera el francés. Lo que al Tipo se le ocurre hacer en su último encargo como traductor –en cuanto pase a ser un bañista-existencialista a tiempo completo, el Tipo afirma que dejará de traducir y abandonará cualquier otro trabajo– es inventarse que Camus y Sartre, Sartre y Camus fueron los dos primeros bañistas-existencialistas, que ellos fundaron ese club, y que practicaron durante largas temporadas el solaz en la bañera.

El Tipo, inspirado, excitado, hasta con una ligera erección que se asoma y provoca que ondulen circulitos sobre la superficie del agua, descorre de golpe la cortina de la bañera, se seca las manos y los brazos con una toalla que en realidad es para los pies y estira un largo brazo para coger el portátil y equilibrarlo sobre un borde de la bañera. Accede entonces el Tipo al archivo donde tiene la traducción –fruto del carácter perfeccionista y lo minuciosamente obsesiva que era la mente del Tipo antes de vivir en la bañera, ya lo ha corregido y revisado en unas dieciséis ocasiones, pues el nombre del archivo de texto es «Cartas Sartre y Camus. Versión 16»– de la correspondencia entre los dos escritores y comienza a saltar de una a otra página, a cambiar palabras y frases mientras sonríe, mientras se agita sobre el agua como si fuera Jerry Lee Lewis sobre el piano, sacudido el Tipo por el impulso inagotable de las palabras.

Elimina una palabra, cambia una coma, añade un salto de página… Luego: escribe un «bañera», un «bañista», un «existencialismo». Con solo unas palabras de más y unas pocas frases de menos, todo el libro adquiere un sentido diferente, un sentido bañista-existencialista. El Tipo se pasa varias horas fabulando, maquinando, redactando, re-re-revisando… El Tipo ríe, el Tipo casi que alcanza el orgasmo en algunas ocasiones, el Tipo se canta en inglés mientras escribe –mejor no usar ni el francés ni el español: ambos idiomas le distraerían de su labor–, el Tipo aparta el portátil y da palmadas de foca salpicando el agua, el Tipo baila y serpentea en la bañera, el Tipo… Con la sonrisa del triunfador, esa de grapas en los pómulos, el Tipo se decide a guardar el archivo justo cuando la pantalla del ordenador pierde varios puntos de iluminación y una ventana surge indicando por favor que se conecte la batería. No ha lugar para las dudas ahora, ni para levantarse de la bañera, temblar de frío, salir del baño corriendo, acordarse de regresar para terminar de secarse, salir de nuevo del baño, entrar en la habitación, rebuscar entre los trastos, encontrar (tal vez) el cargador, portarlo hasta el baño, conectarlo a un enchufe, conectarlo al portátil: ¡no! El Tipo sabe que tiene poco tiempo. El ordenador es casi un anciano y no aguantará mucho más así.

El Tipo, decidido a resistir en la bañera, se dispone a enviar el correo electrónico a la editorial y adjunta el archivo de texto con la traducción. Pero toda la fluidez que tuvo al eliminar, corregir y re-escribir se transforma a la hora de redactar el mensaje para la editorial en una especie de humor viscoso y denso que se extiende hasta envolverle en una nube de vapor paralizante. El Tipo se traba desde el saludo. Le asaltan las dudas del corrector que solo ve con claridad los errores que perpetran otros. Al final, redacta un mensaje algo anodino –él siempre quiere ser imaginativo en los textos (hasta en los textos que acompañan a los textos), pero en este estado no puede–, del que no está satisfecho. Del ordenador brota entonces una ventana con un imperativo casi categórico: «Conecte el cargador ahora». Ya no hay por favores ni nada, sino órdenes de la máquina. El Tipo pulsa enviar. La pantalla del portátil funde a negro.

Dudas lógicas abordan al Tipo tras haber mandado, si es que efectivamente ha conseguido enviar el correo, la traducción de ese pequeño texto epistolar. Y por cada duda, una respuesta del Tipo. ¿Se le habrá colado alguna falta ortotipográfica? (muy poco probable, pues él asegura detectarlas con un solo golpe de vista), ¿tendrá el nuevo contenido de las cartas cierto sentido y podrá ser seguido fácilmente por el futuro lector? (seguramente y, de no ser así, siempre se puede culpar a Camus y a Sartre) y, lo más importante, ¿detectará la editorial las mentiras e invenciones del Tipo, en concreto la creación del Club de los Bañistas-existencialistas? (pues posiblemente no; confían enormemente en el criterio del Tipo y, si se dignan a leer el texto, se podrán hasta divertir y sorprender con dicho club). El Tipo es consciente de que muchas editoriales ni se molestan en corregir los textos –así es que el Tipo encontraba tantas faltas atroces cada vez que leía–, así «que no me vayan a joder ahora», se grita el Tipo.

No eran las únicas dudas del Tipo, ya que también le inquietaba, por ejemplo, todo lo referente a la calidad de lo escrito. Dudas que siempre le asaltaban por mucho que los textos entregados no fueran puramente suyos, aunque *solo* fuesen traducciones de otros autores. Y es que el Tipo se lo llevaba todo a lo personal, y realmente se volcaba en cada texto traducido. Por lo tanto, ¿cómo no iba a tomarse como algo suyo este pequeño manifiesto en favor de la vida en la bañera en forma de correspondencia que él mismo ha perpetrado inventándose unos pasajes históricos y obviando otros? ¿Gustaría el texto?, ¿estarían las reflexiones sobre el porqué de la vida en la bañera a la altura del pensamiento elevado de Camus y Sartre?, ¿sería creíble el libro, al menos algo verosímil?

Sabemos que cada vez que el Tipo, en su anterior vida como no-bañista, escribía en soledad, se imaginaba contemplado por una especie de ojo mágico, un ojo escrutador. Los padres del Tipo viéndole escribir, orgullosos de esa dedicación que, sin duda, iba a reportar estabilidad y dinero al Tipo; los amigos del Tipo observándole y, con una sana envidia, maldiciéndose por no disponer del talento para escribir así y poder dedicarse a la Literatura; las chicas a las que el Tipo intentaba seducir regodeándose con la figura del Tipo retorcido sobre la hoja de papel mientras el bolígrafo se movía con dureza y velocidad, chicas que atendían a dicha estampa desnudas de cintura para abajo mientras se rozaban el clítoris con movimientos rotatorios hasta que los dedos se les humedecían por completo.

¡Cuánta imaginación y energía –energía que podría haber empleado para escribir más, incluso para escribir mejor– derrochadas por el cerebro del Tipo en esas estampas! La estampa de alguien contemplando y admirando su propia estampa, acaso el Tipo como una nueva clase de Narciso algo más social que aquel primero simplemente enamorado de su reflejo. El Tipo enamorado de la imagen de alguien enamorado de su reflejo. Ensoñaciones estas que, en realidad, ya las había tenido el Tipo cuando era nadador: la gente que le importaba y la gente que le inspiraba volcando los ojos sobre él, admirando la espalda tensa de un Tipo que nadaba a crol y se motivaba con el único pensamiento de estas miradas siguiéndole, apoyándole, casi empujándole.

En otras ocasiones, y especialmente desde que el Tipo vivía en esta vieja casa, se imaginaba observado desde un punto de vista físico y rudimentario, nada que ver con la divinidad que caracterizaba a aquel ojo mágico. El Tipo palpaba la pared que le unía con el vecino de puerta y la examinaba en busca de pequeños agujeritos. Creía que, a través de uno de esos pequeños orificios que siempre lograba encontrar, el vecino podía supervisar si el Tipo trabajaba correctamente en el ejercicio de la escritura o no.

Esta obsesión había sido alimentada por el casero, que le había dicho el día que le enseñó la casa al Tipo que ese vecino de puerta era un célebre escritor; sin embargo, el casero, poco hábil en menesteres literarios, no había logrado articular el nombre de dicho escritor. Desde entonces, el Tipo había vivido algo obsesionado con saber quién era ese vecino que, misteriosamente, no había logrado ver nunca por los pasillos o dentro del ascensor. Así, el Tipo permanecía en muchas ocasiones pegado a la pared que los unía; pero, más que escrutar y toquetear la pared con el afán de hallar orificios a través de los cuales podría ser espiado, trataba de relacionar los silencios del vecino con los momentos en los que el célebre escritor componía su nueva obra, pasando el Tipo entonces de *ser* el espiado a convertirse en el espía.

El Tipo sabía que ese escritor era alguien solitario y ermitaño, ya que ni le había visto salir de la puerta de al lado ni había visto a nadie entrar por dicha puerta. Lo único que había, de vez en cuando, era alguna conversación telefónica de las que el Tipo podía extraer pocas palabras, ya que el escritor hablaba en un tono bajo. Esta gran ausencia de información hacía que el Tipo confiase aún más en la verosimilitud de lo que le había contado su casero: que el vecino era realmente un gran escritor. Por el contrario, si el Tipo hubiese visto al célebre escritor con una barra de pan atrapada bajo el sobaco o si le hubiera observado comprobando el correo en el buzón, desconfiaría de que ese hombre mundano fuera un célebre escritor.

En realidad, al margen de los silencios, lo que más oía el Tipo a través de la pared que le unía al vecino era música clásica. Schubert, Mozart, Beethoven, Bach, etcétera. Música excelsa que hacía que el Tipo se avergonzara cuando él, en ocasiones, escuchaba por ejemplo a Rosalía o a cualquier otro cantante de moda para así intentar desconectar y olvidarse de los propios enredos mentales. Así que el Tipo, cada vez que ponía música pop, se empeñaba en regular el volumen y rogar que el vecino, al otro lado, estuviese durmiendo o no pudiese escucharla por alguna clase de presbiacusia.

Hoy, desde la bañera, el misterio del vecino permanece sin resolver, alimentado por la falta de noticias, pero poca inquietud le debería de causar ya al Tipo. Aun así, el Tipo sigue afinando de vez en cuando el oído tratando de percibir sonidos provenientes del vecino, tratando de asociar cada sonido a una acción, a una estampa literaria, divina… Nada. El baño está algo alejado de la pared que les une y hasta ahí no llega ningún ruido identificable del célebre escritor.

Lo que suele percibir el Tipo en estos casos es el silencio de su propio hogar que, sin embargo, resulta de todo menos mudo. La estridulación de los filamentos del tubo de luz fluorescente que resulta irregular en la intensidad y en el ritmo, el estallido de una gota que se precipita desde los agujeritos del grifo del lavabo explotando en el desagüe del mismo, el zumbido acuoso de un frigorífico que se impone de pronto al resto de sonidos, etcétera.

El Tipo sigue rastreando ruidos y, tanto escudriña, que comienza a oír las melodías que él mismo fabrica. Otra vez el tinnitus, el acúfeno: ese pitido constante que sale o entra del oído izquierdo, aquel en el que el Tipo había sufrido varias otitis siendo niño. Cuando comenzó a ser consciente de este insufrible pitido (hace solo unos meses, a pesar de que tal vez el pitido llevara conviviendo con él unos veinte años), el Tipo trataba de buscar un objeto con el que asociarlo, quería encontrar la fuente sonora que componía dicho ruido: una radio mal apagada, el compresor del frigorífico, *stand-by* de la televisión. Ahora, sin embargo, el Tipo ya identifica que la fuente sonora es él, que esta es la infinita música de su mudez.

Se entristece el Tipo en la bañera: nunca volverá a escuchar el verdadero ruido del silencio, de la nada, esa especie de soplido mudo de la vida. Cuando ahora intenta aislar todos los sonidos para llegar al del silencio, cuando su oído discrimina algunos de los ruidos principales: el de la luz fluorescente crepitante, el de las gotas de agua que estallan con regularidad aleatoria, el pitido agudo de los acúfenos propios, el zumbido contenido dentro del frigorífico…, el Tipo llega a otro sonido típico de la casa, el del mecanismo de las manecillas del reloj que, desde el salón, avanzan incansables, implacables, impertérritas, etcétera. Dispuestas las manecillas, tal vez, a sobrevivir al Tipo, a sobrevivirnos.

Las manecillas como actrices principales de un paso del tiempo que ya no perturba en demasía al Tipo, al menos desde que ha decidido vivir en la bañera. De pronto, los sonidos parecen atenuarse para ceder paso al toser acelerado del vecino, el presunto escritor célebre; una tos súbita que, según las teorías del Tipo, suele acompañarle a la hora en que se despierta, justo después de los chirridos producidos por los muelles de la cama del vecino, justo antes del pitido que indica que el agua de su tetera está lista para infusionar. Pero una hora siempre indeterminada, una hora que el Tipo no va a comprobar porque no le apetece descorrer la cortina para leer los números que muestre cualquier reloj. Nos cercioramos de que casi todo es diferente aquí. Cuando el Tipo, fatigado por escrutar tanto sonido, se refugia en la observación del rectángulo de techo que se puede contemplar desde su posición en la bañera, un techo blanco iluminado por la luz del fluorescente y la poca luz natural que empieza a llegar a través de la pequeña ventana, se fija este en los píxeles cristalinos que componen todo lo que mira. El techo blanco se puebla al instante de una infinidad de gusanos transparentes y membranosos, una especie de larvas que recorren el campo visual del Tipo y que, con cada parpadeo o cada movimiento de los ojos de este, buscan acomodo en una nueva posición. Miodesopsias o moscas volantes, claro: una especie de bacterias oscuras vistas con microscopio que acompañan al Tipo y que se adhieren a cada objeto que este mira, resbalando ahora caprichosamente por la superficie del techo.

Como en el caso de los acúfenos, la presencia de tantas moscas volantes solo puede indicar una cosa según el Tipo: se está abriendo a una nueva fase de consciencia, a una realidad mayor desde que, hace algunos días, decidiera vivir en la bañera. Estos elementos, a pesar del desagrado que generaban en el Tipo –si aún fuera un no-bañista, le resultarían insoportables–, tendrían que conducirle a algo según él, a un nuevo despertar, tal vez a un nirvana futuro. El Tipo ya ha despertado muchas veces, ya ha sido consciente, muy consciente, demasiado consciente. Opina el Tipo, iluso él, que la mayoría de las otras personas no suelen ser tan conscientes de aquello que las rodea. Nacer, que te den de comer, ir a un colegio, estudiar, trabajar, dejar de ser dependiente de los padres, ¿encontrar a alguien de quien volver a ser dependiente?, ¿tener hijos?, ¿separarse de la persona de quien dependes?, enfermar, morir… Muchas veces, cuando el Tipo se despertaba, cuando lo había hecho incluso siendo un no-bañista, creía alcanzar una nueva consciencia, una consciencia suprema y, curiosamente, en ese instante él se empezaba a desvanecer, rozaba el desequilibrio, la fractura: perdía la consciencia común. Eran estos despertares anteriores a su época en la bañera momentos en los que al Tipo le apabullaba la crueldad, la inhumanidad de los seres en las pequeñas y en las grandes cosas: desde la gente que no daba las gracias cuando este les sujetaba una puerta –a quienes el Tipo siempre gritaba «de nada» mientras desaparecían de su campo visual– hasta los actos de terrorismo, pasando por las personas que miran para otro lado cuando alguien realmente necesitado les pide ayuda en mitad de la calle.

Todo en la bañera es también para el Tipo consciencia suprema, autoconsciencia, pero dicha consciencia no conduce a aquel efecto mareante según lo que podemos contemplar, sino a uno tranquilizador por el momento.

El Tipo, tratando de no enfangarse en cuestiones demasiado filosóficas para lo novato que aún es en lo que él denomina *el arte de la bañera*, acaba por fijarse en una mancha del techo que antes, eclipsada por las innumerables moscas volantes, había permanecido en segundo plano. La mancha, a pesar de ser una circunferencia perfectamente visible, del tamaño de un balón de voleibol, no había sido percibida por el Tipo. Este entrecierra los ojos buscando examinar la composición exacta de la circunferencia: diferentes tonalidades grises que la conforman; una infinidad de pequeños abombamientos del techo, casi burbujas caducadas, brotando por todo el balón de voleibol; algunos surcos que parecen carreteras muertas, que recorren la mancha sin llegar a destino alguno.

La mancha le recuerda al Tipo al careto de una antigua y desagradable compañera de trabajo en un campamento de verano llamada Aida o Cecilia o Ana o algo así: una cara extremadamente redonda, como hinchada de un modo artificial, como de pez globo malhumorado. Al recostarse en la cálida loza de la bañera, el Tipo da una muestra más de su estadio rayano en la locura: mastica varias palabras que comienzan por la sílaba *pa-*, poniendo los ojos en blanco como si fuera un chamán africano en pleno trance hasta que da con aquello que buscaba entre los recuerdos del oscuro abismo que es su mente: ¡¡Pareidolia!! Y este vocablo, que indica el fenómeno de poder identificar caras o formas reconocibles a partir de otras imágenes, impulsa al Tipo a descorrer la cortina dando un golpe tan brusco que las argollas que enlazan dicha cortina con la barra de metal superior comienzan a temblar.

El Tipo alarga después uno de los brazos para desconectar la sandwichera del viejo enchufe al que permanecía enlazada y comienza a mirar fijamente los tres puntos que componen dicho enchufe.

Y es que la mente del Tipo, desde que era este un niño, había poseído la capacidad de conformar caras a partir de los tres agujeros de estos enchufes viejos, similares a los que había en la casa de los padres del Tipo. Este busca ahora invocar en el enchufe más próximo a la bañera el rostro de su madre, y en otro enchufe más alejado el rostro de su padre para así poder despedirse de ellos antes de pasar a ser un bañista-existencialista. Sería esta una despedida, obvio, de aquellas en las que solo una de las dos partes sabe que se está despidiendo; en realidad, sería esta una despedida de aquellas en las que solo una parte está, pero sería una despedida al fin y al cabo, al menos según el criterio del Tipo.

Sin embargo, el Tipo está oxidado tras tantos años sin práctica, es ahora cerril en el arte de componer caras a su antojo en los enchufes y, en lugar de a la madre, acaba por verla a Ella, a esa chica por la que el Tipo guarda tal vez cierta obsesión. Se encoge de hombros el Tipo y se deleita con la cara cuasi perfecta de Ella, que va adquiriendo progresivamente todos los relieves y detalles que la dotan de belleza y armonía desde el enchufe. El Tipo casi que se arrepiente de la potente erección que se eleva sobre la lámina de agua de la bañera: la cabeza del pene del Tipo como la cabeza de un pez que ascendiera a la superficie de un lago para boquear. Pero el arrepentimiento le dura poco: el Tipo corre la cortina para buscar más intimidad –debido al pensamiento obsesivo de que el vecino le podría estar vigilando a través de alguna clase de minúsculo agujero del baño– y, acto seguido, se encomienda a la masturbación con fulgor y salpicando una gran cantidad de agua con cada sacudida.

Cuando lleva en la tarea minutos o, según la poco ajustada percepción temporal del Tipo, tal vez hasta un par de horas, vuelve a descorrer la cortina para verla a Ella en el enchufe y, sin embargo, quien surge de los tres orificios de este es una antigua compañera de clase del Tipo que no resultaba para él, ni seguramente para muchas personas, demasiado atractiva. La cabeza del pez se esconde y vuelve a lo profundo mientras el Tipo contempla con lástima el rostro de esa chica que, en realidad, y debido a que el Tipo no la había visto desde hacía muchísimos años, se ha aparecido con la cara que tenía de niña. Se entristece el Tipo porque recuerda que, siendo solo un tipejo, un chavalín, un niñato, solía él molestar a aquella niña en clase y hasta le había puesto algún mote desagradable que, aunque salta a su mente de inmediato, prefiere que no saquemos a relucir aquí. Hasta pide perdón el Tipo y, en los ojos, si no estuvieran estos tan irritados y rojos debido a la congestión nasal y a las pocas horas de sueño, seguro que se podrían haber asomado una o dos lágrimas.

Con frecuencia observamos que el Tipo atrapa entre los dedos de los pies la cadena unida al tapón de la bañera, que tira de ella para quitar dicho tapón del sumidero y, acto seguido, abre el grifo para renovar el agua caliente; así, mientras el vapor comienza a envolver el cuerpo del Tipo, este suele quedar cubierto por una enorme pesadumbre, tal vez empieza a percatarse de que esta idea de la bañera puede no resultar del todo salvífica, del todo redentora. Ni siquiera recuerda el Tipo en estos momentos de duda y hasta de pérdida de la fe que podría recurrir al gesto del bigotito enroscadito para poder aliviarse. El Tipo busca tranquilizarse, solo está en mitad de lo que él llama el proceso de regeneración.

Se pierde el agua en este proceso, ahora decolorada por la tinta de la libreta del Tipo, y acaso con cada gota de agua también se va perdiendo el Tipo, se escapa algo de su vida anterior como no-bañista, algo esencial, puede que algo de juventud. Y es que aunque es joven el Tipo, él ya no se considera tan joven. El Tipo tiene casi veintisiete años, pero está ya muy cansado de la existencia y cree que a esta edad concreta ya debe uno poder elegir cuándo vivir y cuándo no.

Pero tampoco es que consideremos que el Tipo está del todo deprimido, no. Y sin embargo, a pesar de no estarlo, toma ahora la decisión del suicidio, la de tratar de ahogarse: sumergir la cabeza bajo el agua y no reaparecer. Quién le iba a decir al Tipo que iba a escoger una muerte así, un Tipo cuyo temor principal en las primeras horas como bañista era precisamente quedarse dormido en la bañera y amanecer ahogado. No obstante, debido a que el Tipo ha adquirido una gran capacidad torácica por haber practicado buceo en su otra vida, en la vida anterior, en la vida del no-bañista, la espera se le hace demasiado dilatada. Y el Tipo, ya deberíamos de intuirlo, odia la burocracia y los trámites largos.

# 3

Que cuando emerge de las profundidades, algo empapizado, se encuentra el Tipo con que la cortina de la bañera es descorrida por la Mocha, la Güera, la Hueca, la Parca…: la Muerte. El Tipo, conteniendo un susto que implosiona hasta devenir en emoción, le pregunta a esta si acabarán jugando una partida de ajedrez, como ocurre en *El séptimo sello*, de Ingmar Bergman. La Muerte, por su parte, adopta un gesto raro en el rostro, una expresión de extrañeza enorme. ¿En qué tipo de mundo estamos si ni siquiera la Muerte conoce las películas de Bergman?, piensa el Tipo con pesadumbre.

Pero es que la Muerte, obvio, no era la Muerte. Esa figura erguida al lado de la bañera parecía tan terrenal como el Tipo o incluso más, mucho más. El Tipo, con cada inspiración de realidad que recibía mientras miraba a la que él había creído que era la Muerte, comenzaba a ver cierta similitud entre el rostro de esa mujer y alguien a quien él conocía. Una mujer que poseía la capacidad de hablar el idioma del Tipo, ya que le acababa de preguntar a este que qué coño se creía que estaba haciendo, que si era retrasado o qué, si era un loco o qué, si estaba borracho o qué, fumado o qué, drogado o sabe dios… El Tipo se vio forzado a usar el aparato fonador, aunque eran escasas las ganas que tenía de hacerlo, y le preguntó que si de verdad era ella la Muerte, pero lo hizo por preguntar algo, como las conversaciones meteorológicas de ascensor, a pesar de que él ya estaba casi convencido de que ella no venía a llevarse su vida.

—¿Qué cojones la Muerte? –espetó la Muerte que no era la Muerte– Soy Mariana, hostia. Te has dejado abierta la puerta y pensaba que te había pasado algo, pero ya veo que solo estás borracho, fumado, drogado, tonto o sabe dios.

El Tipo reconoció entonces a la portera, Mariana, quien vivía con su marido justo encima del piso del Tipo. Este sintió de pronto un pudor hasta entonces inexistente y se tapó con celeridad la descubierta entrepierna apretando los dedos de ambas manos hasta unirlos para conformar una especie de concha; hasta entonces, durante la visita de la portera, la cabeza del pez se había mantenido sobre la superficie, ya que actividades como el comer, el dormir y, por lo visto, los preparativos para el suicidio, parecían provocarle erecciones.

La portera reparó en este movimiento y la cabeza de ella se contorsionó como disparada por un resorte, apuntando hacia una esquina del techo, por ser un lugar bien lejano a la entrepierna del Tipo; al poco, la mirada de la portera se fue deslizando desde este punto hacia otros más naturales: la ventana que es casi un ventanuco, los electrodomésticos acumulados en el baño, los azulejos próximos a la bañera, el bote de gel de ducha y, finalmente, de nuevo, la entrepierna ya más oculta del Tipo.

El Tipo, que presume de poseer una gran empatía, se sintió mal respecto a Mariana al pensar que podía haberla ofendido al taparse el pene precisamente en ese instante y no cuando él pensaba que era la Muerte, así que extendió los dedos de las manos que conformaban esa concha hasta abrirlos para descubrir de nuevo su sexo, retirando al momento las manos de ahí para dejarlo todo bien al aire; además, tal vez por accidente, dio un golpe de cadera y dejó emerger el pene por completo a la superficie, así que la portera volcó del todo la mirada ahí y se tapó los ojos, siendo ella la que hizo entonces otra concha con las manos, idéntica a la que había empleado el Tipo para ocultar el pene –pareciendo que era la misma concha, que se había trasladado de la entrepierna de uno al rostro de la otra–, y Mariana se largó gritando que el Tipo estaba mal, que estaba loco, que qué habría tomado, que había perdido del todo la cabeza.

Un portazo dio la portera.

Y observamos que el Tipo, tras este episodio que únicamente a posteriori alcanza a calificar tan ridículamente vergonzoso como en verdad ha sido, vuelve a escrutar el falso silencio de la casa y parece que para encomendarse a ello quiere frenar cualquier atisbo de ruido mediante estrategias como, por ejemplo, extender su larga mano con los dedos juntos para amainar el ligero vaivén de la lámina superficial de agua y que esta no rebote contra la loza de la bañera, evitando así un chasquido que sería en realidad inaudible.

En su alborotada cabeza, el Tipo trata de apartar la maraña de ideas y pensamientos inservibles para hacer hueco a una especie de *storyboard*, varios dibujos de la siguiente secuencia: la portera justo fuera de casa del Tipo; la portera que se frena dos segundos a reflexionar sobre lo que acaba de ocurrir; la portera que se para luego tres segundos a dudar si subir por las escaleras o por el ascensor, pero como el ascensor tiene la puerta abierta justo en este piso, se sube; la portera presionando el botón pertinente y mirando al techo, con el lento ascensor haciendo lo que debe: ascendiendo; la puerta del ascensor abriéndose en el rellano del piso de la portera; la portera saliendo del mismo y rebuscando con sus dedos de bruja en las profundidades del bolso hasta encontrar las llaves de casa... En fin, que el Tipo dibuja toda una detallada escena para calcular cuánto tardará la portera en regresar a su propia casa.

Una vez que la portera, tanto dentro como fuera de la imaginación del Tipo, ha vuelto a su casa, esta comienza a hablar en un tono muy alto, un tono que nos llega hasta la bañera y que seguramente dirige hacia su marido, aunque no podemos descartar que las voces de la portera tengan el único objeto de incordiar al Tipo, que la portera finja hablar con alguien mientras mira una pared. Le invade al Tipo el temor de que la portera, sin saber cómo actuar ante el descubrimiento del primer bañista-existencialista, reaccione como se suele reaccionar contra los pioneros en la mayoría de las ocasiones, con envidia y odio; el Tipo, inocente, se ve perteneciendo a una estirpe de pioneros, desde el primero que afirmó que la Tierra era redonda hasta el primero que llevara pantalones vaqueros. En realidad, el temor creciente del Tipo le lleva a pensar que tal vez la portera, de algún desesperado modo, contacte con los padres de este para avisarles prematuramente de lo que está haciendo su hijo. Este miedo infundado –ni siquiera sabemos de dónde podría sacar la portera el número de teléfono de los padres de él– deja intranquilo al Tipo.

Nada le entristecería más al Tipo que aquello: la noticia de su nueva vida en la bañera llegando en estos días a sus padres, demasiado pronto como para que él se haya convertido del todo en un bañista y les pudiera así medio convencer de esta serie de decisiones que el Tipo sí veía del todo lógicas. Y es que los padres del Tipo, que siempre le han apoyado de modo moral y económico en todas las decisiones de este –estudiar aquella carrera, no buscar un trabajo serio, irse al extranjero con una beca de ínfima cuantía, preparar una tesis sufragada por otra beca de ínfima cuantía...–, tal vez no estén listos para enterarse de que su hijo es un bañista-existencialista.

Y fue en un momento posterior a ese episodio con la portera, tal vez en el sexto o quinto día de encierro en la bañera, cuando el Tipo comenzó a verse como el protagonista de una novelita o, incluso, de una película. Ambas obras compartían título: *La Bañera*.

Estando seguro de que la traducción de la correspondencia entre Camus y Sartre había sido su último trabajo al uso, el Tipo piensa: «Yo no pienso escribir mi historia». Y, al cabo, comienza a hablar, a hablar muy alto, a voces, dictando los detalles de su relato a un secretario al que el Tipo permite permanecer en el baño y a quien llama Samuel –pero no coloca el acento prosódico en la segunda sílaba (-*muel*), tal y como haríamos en nuestro idioma, sino en la primera (*Sa-*)–. El Tipo, por tanto, pronuncia *Sámuel* y no Samuel, es decir, lo llama a la manera inglesa. El Tipo trata de emular un acento irlandés cada vez que se frena en el relato para apostillarle algo a Sámuel, pero, si a algo se parece el deje del Tipo, es al típico acento de alguien de un país mediterráneo creyéndose bilingüe.

Empapado de autoconsciencia, dice el Tipo que Sámuel será su secretario o su escribiente o su pendolista o su amanuense, y que él, el Tipo, adoptará desde ahora el nombre de James. El Tipo vislumbra el clímax del ardor intelectual a través del verbo, a partir del relato a voces sobre la vida en la bañera. Y es que el Tipo sigue incrementando su volumen, rozando el grito en cada frase. Y a la portera y al resto de los pocos vecinos del edificio que no se han ido de vacaciones les comienzan a llegar los aullidos y las carcajadas de un Tipo que alcanza la risa natural a partir de la pura pasión por narrar su historia, voces y risas que traspasan los azulejos y el cristal empañado de la pequeña ventana rectangular del baño para caer rebotando a través del lóbrego y angosto patio.

En cuanto a la película de la vida en la bañera, el Tipo quisiera contar con un reputado guionista para dictarle la historia, pero solo dispone de Sámuel al otro lado de la cortina. El Tipo pone una condición para que la película se ruede, que la dirija Jim Jarmusch –el creador de *Paterson* o *Flores rotas* o *Bajo el peso de la ley*–. Quiere que sea una película lenta, con planos sencillos, minimalista.

Lo que tiene claro el Tipo es cuál va a ser el cartel de la película, eso sí. Se verá un mosaico de pequeños recuadros que en realidad serán los azulejos de un baño y, en cada recuadro, el retrato de una persona diferente: mujeres y hombres, jóvenes y ancianos, blancos y negros, etcétera. Cada uno de ellos se llevará con delicadeza el dedo índice de la mano derecha al rostro. Codo en lo alto, puño de la mano tapando el ojo derecho de cada una de las personas, quienes colocan el dedo índice sobre el labio superior, con precisión de relojero, como un bigote Dalí, a modo de bigotito enroscadito, puntas para arriba, y olfateando el dedo con regocijo, con pasión, con desahogo, con suciedad…: con un comportamiento del todo animal: el gesto oficial de los bañistas-existencialistas.

El gesto es por Ella o, al menos, en Ella tuvo su origen. Y ahora, desde el plácido envoltorio del agua de la bañera, a pesar de un frío incipiente en el agua, el Tipo trata de recomponer cómo la conoció. Sabemos que había coincidido con Ella, el Tipo, en una noche de lo más confusa y ebria. Y es que el Tipo había bebido mucho mucho mucho y, si bien le quedan bastantes recuerdos tanto de la noche como de Ella, ninguno era diáfano, estaban todos como velados, como modificados, como vistos a través de una pátina de amnesia y lejanía.

El Tipo se visiona a sí mismo en aquella noche como un zombi, persiguiendo el paso de una especie de amigo con el que había quedado. El amigo en cuestión caminaba con amplia zancada por los rincones más oscuros de una ciudad, esta, ya de por sí oscura. El amigo zigzagueaba de una a otra esquina de la calle, rebotando de un rechazo a otro. Para obtener dichos rechazos, solo tenía que aproximarse a un grupo de chicas y abrir la boca para soltar la primera ocurrencia que se le viniera a la mente. Rebotado tras el rechazo, el amigo caminaba hacia el siguiente objetivo mientras daba un trago a una lata de cerveza para, a continuación, expulsar un eructo enorme que hacía que casi toda la calle, a pesar de la oscuridad y el griterío y la música y la embriaguez común, girase la cabeza hacia él.

Y detrás del amigo caminaba el Tipo, que, con la poca consciencia que podía agrupar a esas horas, solo se preocupaba por si, tal vez, alguien de la universidad le podría observar en esa calle, en ese estado, tras esa especie de amigo. El Tipo, de vez en vez, agobiado y agotado por la situación, extraía una voz débil del cuerpo para reclamar la atención del amigo o, si era necesario, incluso daba un torpe esprint, siempre al borde del tropiezo o del resbalón por poder pisar botellas de vidrio, cajas con restos de comida rápida o vomitonas de mil colores, y buscaba alcanzar al amigo, darle un toque en la espalda y decirle que estaba cansado, que ahí no hacían nada, que creía que se iba a ir ya hacia casa.

La reacción del amigo en cuestión, ante el intento del Tipo de ser invisible, de pasar desapercibido, de que nadie le mirase, era precisamente hacerle más visible, más tangible. El amigo sonreía e iba con decisión hacia el siguiente grupo de chicas; la misma determinación de siempre, la que no perdía a pesar de acumular grandes rechazos o miradas hacia otro lado, y le decía al Tipo: «ya verás, ya verás: ahora sí», y entonces hacía justo lo contrario de lo que hubiera deseado el Tipo, y esto no es simplemente hablar con otro grupo de chicas, sino también señalar al Tipo y decir algo sobre él, como que mirasen que qué guapo era el Tipo (y no era feo el Tipo, pero su aspecto aquella noche tampoco debía de ser el mejor), que si una de las chicas del grupo –indicando sin disimulo y con la mano a la chica que el amigo en cuestión considera como la segunda más guapa, ya que la primera se la asignaría él mismo– no podría tal vez hablar con él y así animarlo un poco. Para sorpresa de todos, al último grupo de chicas les debió de resultar gracioso el abordaje del amigo en cuestión; así, el Tipo, que se había mantenido a una distancia de seguridad de unos cinco metros, totalmente frenado, en medio del zoo de gente y de los bramidos de aquella callejuela oscura, no tuvo otro remedio que acercarse con torpeza e incertidumbre, tratando de mantener el equilibrio sobre el suelo inclinado de la calle.

El Tipo se había sentado en el último escalón de un viejo portal junto a una de las chicas, quien le había hecho un hueco mientras le contaba con un marcado acento americano cómo habían sido sus primeros días en la ciudad, y no hubo ya forma de que el Tipo se levantase de ahí durante dos o tres horas; pero también debió de hablar este, aunque tenía un miedo enorme pero absurdo de acabar contando algo del todo inapropiado sin tan siquiera percatarse, como que estando tan ebrio creía que era casi imposible que pudiera tener una erección que se mantuviese más de cinco minutos seguidos. Y obvio, la chica que le hizo el hueco era Ella, que no era la segunda más atractiva del grupo, sino la primera según lo que opinaría el amigo en cuestión y según lo que opinaría el propio Tipo. Pero a Ella quien le agradó fue este último y no paró de hablar con él, y acabaron levantándose juntos del escalón, con Ella agarrando al Tipo para que este no se cayera o para que, si lo hacía, al menos se cayeran juntos.

El Tipo, según percibimos, prefiere intentar no pensar demasiado en Ella, al menos de momento. Lo que hace es encogerse en el agua, se acurruca en la bañera hasta representar una placidez más propia de un bebé que de un adulto. Sin embargo, cuando no está tan cómodo, cuando el agua de la bañera comienza a enfriarse y el cuerpo del Tipo lo acusa con algún que otro temblor y volviéndose de una tonalidad violácea, inicia otro de sus procesos de regeneración. Pero es normalmente necesario aguantar ese frío inicial, soportarlo cada vez más, un poco más que la vez anterior, así los procesos de regeneración cada vez serán más largos y, por ende, menores en número, con el Tipo aumentando progresivamente su resistencia.

Sabemos ya que este proceso comienza con el Tipo alargando uno de los pies para agarrar entre el primer y segundo dedo la cadena de metal unida al tapón de la bañera. Y esta acción es posible gracias a la gran pericia del Tipo manipulando objetos con los dedos de los pies, puede que incluso más que la que posee en los de las manos, de los que constantemente se le escurrían al Tipo en su vida de no-bañista platos, vasos, tazas, cajas, lápices, cuadernos o libros, y acaso él interpreta esto como una señal de que está más hecho para la vida en la bañera que para vivir en cualquier otro lugar. Tras tirar con fuerza de dicha cadena para comenzar a desaguar la bañera, el Tipo abre el mando del agua caliente hasta que llega a su tope.

La decisión del Tipo de dejar salir el agua lo más caliente que pueda, que en esta bañera resultaría abrasador para casi cualquier humano, respondía primero a la alta tolerancia ante el calor y las quemaduras de un Tipo que, en las duchas comunes de piscinas y gimnasios, siempre era de los que aguantaba una temperatura más alta en el agua, algo que se podía comprobar observando el vapor que emanaba de cada ducha, pero sobre todo respondía a una simple cuestión práctica: cuanto más caliente estuviera el agua en un principio, más tardaría esta en enfriarse y, por tanto, más tardaría él en tener que iniciar otro proceso de regeneración. Cuando, al fin, el Tipo coloca otra vez el tapón de la bañera con los dedos de los pies, ya puede permanecer tranquilo unas cuantas horas más.

La orina es, junto al frío, el principal motivo de desagüe. Cierto es que el metabolismo del Tipo está cambiando aquí y que cada vez necesita menos de todo: menos comer, menos beber, menos respirar, menos dormir, menos orinar…, pero seguía poseyendo las necesidades fisiológicas propias de un no-bañista, aunque el Tipo se esforzaba en sincronizar sus ganas de orinar con el momento del desagüe de los procesos de regeneración debidos al frío. Así, evitando siempre salir de la bañera para dar el paso y medio que le separa del váter, el Tipo suele orinar discretamente dentro del agua, manteniendo normalmente un gesto fijo, una expresión facial invariable, aunque no eran pocas las veces que le habíamos sorprendido jugando con el pene de un modo más abierto, sacando el chorro afuera para comprobar hasta qué altura podría llegar este –nunca había logrado alcanzar el techo, y ese es uno de sus principales objetivos como bañista–. En alguna ocasión, incluso, mientras jugaba con la potencia del chorro, le había caído la orina en la cara y el Tipo, algo sorprendido, acababa por reírse mientras pronunciaba absurdamente la palabra *cumshot* una y otra vez. Y, por cierto, el último motivo de desagüe son precisamente las eyaculaciones, pero el Tipo pretende ser reservado con esto y que aún no describamos tal cosa.

Con la renovada calidez del agua, el Tipo abulta los labios, arruga la nariz y frunce el ceño entrecerrando los ojos: suele acceder entonces a un momento de inspiración calmada, de nuevas ideas, de planes ambiciosos. El Tipo vislumbrando la cubierta del libro sobre su vida en la bañera, con tonos amarillos y azul claro. Y en dicha cubierta se entrevé una bañera tras la cara en grande del Tipo, que sostiene el codo en lo alto, el puño de la mano tapándole el ojo derecho, y el dedo índice sobre el labio superior, con precisión de relojero, a modo de bigote Dalí, a la manera de bigotito enroscadito con las puntas arriba, y que olfatea el dedo con regocijo el Tipo, con pasión, con alivio, con suciedad…: con un comportamiento del todo animal.

Tras estos instantes de inspiración, suele alertar el Tipo a Sámuel dando palmadas desde la bañera, unas palmadas motivadas más por la emoción que por el ánimo del Tipo de llamar a su secretario de un modo displicente. Y ahora el Tipo le pregunta a Sámuel que si, por favor, sería tan amable de abandonar la tarea de escribir la novelita para ponerse a trabajar de inmediato en el guion de la película. Acto seguido, a voz en cuello por si Sámuel no le escuchara bien desde el otro lado de la cortina, el Tipo comienza a dictar el guion.

El Tipo no quiere que el inicio de la película sea idéntico al inicio de la novela de la bañera. El Tipo desea que el film arranque con un primerísimo primer plano de él –se le ven los ojos, la nariz y la boca, pero nada más– en el que coloca el dedo índice de la mano derecha sobre el labio superior, justo bajo la nariz, a modo de bigotito enroscadito. La intención del personaje de la película es aspirar el olor del dedo, esnifarlo.

En este primerísimo primer plano, que se verá a cámara lenta –se rodará a 50 o 60 fotogramas por segundo, eso que lo decida el director de fotografía–, se van intercalando varios flashes: planos de un segundo de duración en los que se ve la noche en que el Tipo la conoció a Ella: las primeras miradas tras sentarse a su lado, la charla pseudointelectual que mantuvieron, algo de alcohol, el paseo hasta la casa del Tipo, el desenlace en la cama de este.

Eso sí, no se intuiría nada de sexo convencional –el sexo sería raro, como en algunas películas de Yorgos Lanthimos, o no sería–. La escena de inicio llegaría a su culmen con el flash de la mano derecha del Tipo descendiendo por el cuerpo de Ella y este plano se encadenaría con la cara del Tipo en el presente, regodeándose mientras esnifa por completo el dedo índice de la mano derecha.

Fundido a negro.

El Tipo no cree que Sámuel vaya a hacer un mal trabajo transcribiendo el guion de la película. Al fin y al cabo, le dice a Sámuel el Tipo, tú has escrito bastante teatro, aquello de Godot y muchas más obras.

—Y gané el premio Nobel de Literatura en los sesenta, James –le contesta Sámuel al Tipo, quien sigue empeñado en que se le llame James.

Tras unas horas de frenético dictado, el Tipo y Sámuel quedan extenuados. Puedes retirarte, Sámuel, le dice el Tipo desde su lado de la cortina en un francés algo ramplón (el Tipo alternaba el inglés mediocre con el francés ramplón e incluso con el español para comunicarse con Sámuel), ya que el Tipo, a pesar de ser un notable traductor, no tenía una exquisita pronunciación del idioma galo.

Tienes comida en el frigorífico y algo de dinero en la cartera para ti, prosigue el Tipo, toma lo que creas conveniente de ambos lugares. El Tipo, adivinando desde la bañera la sombra estilizada de Sámuel, no cree que este vaya a comer mucho del frigorífico y, en cuanto a la cartera, el Tipo sabe que apenas le quedaron unos diecisiete euros tras aquella noche confusa y ebria que precipitó su decisión de vivir en la bañera.

En algún momento tendrá que hacer una suerte de comunicado oficial el Tipo acerca de la decisión de vivir en la bañera. Además, según lo que sabemos, en los próximos días estaba previsto que el Tipo fuera a visitar a sus padres.

Cada vez que retornaba a la casa de los padres, el Tipo sentía que volvía a convertirse en niño absoluto y, en ocasiones, le parecía que estaba encerrado y que nunca podría salir de ahí y que quedaría atrapado por la infancia para toda la vida y que nunca tendría una mujer propia ni sus propios niños porque el niño ya era él y que nunca tendría un trabajo respetable y que nunca haría nada de nada de nada de nada de nada de nada más que eso: ser un hijo, ser un niño.

Sabemos que el Tipo mantiene una relación muy cordial y afectiva con los padres. De hecho, cree el Tipo que estas sensaciones descritas con anterioridad son más responsabilidad de él que de ellos: está casi convencido.

Siendo niño, cada mañana en la que el Tipo se despertaba en la vieja cama de la casa de los padres, el Tipo se levantaba y caminaba hacia el lecho matrimonial de sus progenitores. Entonces, con algo de sigilo, se metía con ellos en la cama. Ellos, los padres, solían protestar; pero el Tipo acababa por hacerse un espacio en la cama o, en el peor de los casos, volvía a su habitación para tomar una almohada y echarse con ella sobre la alfombra de terciopelo azul –una alfombra que solo ahora le recordaba a David Lynch, el director, por aquello de las asociaciones, del terciopelo azul, una alfombra cómoda *per se*, pero una alfombra Lynchiana, perturbadora y surrealista por aquello de esta asociación desde que el Tipo vio *Terciopelo azul*– situada a los pies de la cama de los padres.

Los padres, en estos casos en los que el Tipo terminaba por echarse sobre la alfombra de terciopelo azul agazapándose en un ovillo similar a la posición fetal, acababan por ceder y dejarlo entrar a la cama.

El Tipo piensa ahora, desde la cálida bañera, que no estaba tan mal aquella vida, la de ser hijo, la de ser niño; pero, al fin y al cabo, tiene ahora unas responsabilidades que afrontar, debe proseguir con su independencia y con su vida adulta en la bañera si quiere llegar a ser alguien provechoso, según su ilusa visión, en el incierto futuro.

La casa de los padres, incluso en estos tiempos de vaivenes del Tipo de uno a otro apartamento, de una ciudad a otra para volver siempre a la misma, en estos tiempos itinerantes, extendía siempre unos agradables tentáculos alrededor del Tipo. Los tentáculos de la comodidad, la comida puesta sobre la mesa, el cuarto recogido, la limpieza…, el hogar. No eran pocas las ocasiones en las que el Tipo decía que iba a hacer una visita a los padres solo para comer con ellos en casa y, a la postre, decretaba quedarse un poco más y, al cabo, cenaba ahí y, después, acababa durmiendo en la casa y…

La culpa podía parecer del Tipo, claro, pero él también culpaba a los padres por ser tan amables con él y dárselo todo hecho. Y según nuestro criterio, viéndolo desde esta externa cercanía, tal vez hubiera responsabilidad en ambas partes.

Se asemejaba esto a lo que sentía respecto a la ciudad brumosa en la que habitaba el Tipo, en la que había crecido y en la que había hecho sus estudios. Aunque todos los agostos el Tipo proclamaba que necesitaba irse, que para crecer en su carrera tal vez debería de estudiar tal máster en Turín o acudir a un seminario de Oxford o puede que trabajar en Berlín, hacía años que el Tipo no se buscaba los dineros en una ciudad que no fuera esta. La ciudad brumosa había pasado a ser la ciudad cómoda, con los tentáculos protectores de la misma encapsulando al Tipo cada vez más en sus recorridos: casa propia – universidad – casa paternal – casa propia – universidad… Una ciudad que envejecía exponencialmente, una ciudad que cada vez estaba más deshabitada.

En la misma ciudad, cuando el Tipo –gran cinéfilo– acudía a las sesiones semanales de cine clásico en el Teatro, jugaba este desde la última fila a buscar a alguna persona de su edad o de un rango de edad similar al suyo; normalmente, si la hallaba, tardaba minutos en dar con dicha persona. La mirada del Tipo saltando de una a otra cabellera blanca tratando de encontrar jóvenes que eran invisibles.

El Tipo, entonces, respiraba aliviado y arropado por los consabidos tentáculos de la ciudad, pensando muchas veces que los ancianos le dejarían ver la película en paz, sin molestarlo. No obstante, los ancianos también abrían los móviles con el brillo al máximo en medio de la película o salían del Teatro en mitad de la película cuando comprobaban que afuera había dejado de llover: muchos de ellos entraban ahí como podrían haber entrado a un mitin de un partido político de ultraderecha, de ultraizquierda o a una consulta de sexología, accediendo a un lugar extraño para huir de la lluvia perenne.

El Tipo, sin intención de continuar enfangándose en las digresiones y sin la inspiración para continuar narrando su historia a Sámuel, aparta la cortina, se seca las manos con esmero y precipita afuera su cuerpo cada vez más arrugado –un cuerpo que está absorbiendo por cada pliegue parte del agua de la bañera– hasta alcanzar la gran torre de libros que tiene al lado. Le contemplamos rebuscar mientras murmulla algún palabro rebuscado, pasa el dedo índice por los centímetros de torre que tiene a su disposición (recordemos que es una torre con metro y medio de altura) y, alegre, el Tipo comprueba que el libro que desea está en la base de la torre, concretamente en el tercer piso.

Se aprovecha el Tipo de sus brazos largos de nadador y, estirándose aún más, roza el libro con la mano y lo acaricia. Sabemos que la relación del Tipo con los libros es cuanto menos singular, ya que siempre que salía a la calle tenía que acompañarse de uno, fuera a leerlo o no, estuviera en una bolsa o en una mochila o en la mano; el Libro le otorgaba al Tipo cierta seguridad paseando, cierta confianza.

Al ser el Tipo alguien sin mucho dinero, sin embargo, no se podía permitir comprar todos los libros que él quería. Lo que solía hacer el Tipo en su época no-bañista, salvando estrategias como la de aprovecharse de que escribía en un periodicucho local para pedir libros a editoriales que, en ocasiones, ni llegaba a reseñar el Tipo, era sacarlos de la biblioteca y así poder acumular más y más libros que pudiera pasear. No eran los libros un reclamo para que le observaran bellas mujeres culturetas. No eran como los perros de aquellos dueños que quieren acercarse a mujeres con perros, pues el Tipo ocultaba los libros, los escondía, tenía una relación secreta con ellos, al menos en la calle.

Al Tipo, como ocurre con las novias y novios que no son solo de exposición, también le gustaba gozar de los libros en privado, en la cama, y siempre se llevaba uno o dos o tres o más a la mesita y luego elegía uno o dos para arroparlos junto a su cuerpo. Lo que hacían una vez allí podía variar dependiendo de la pasión del Tipo por el libro. Muchas veces, tras leer, al Tipo le atacaba un sueño pesado y envolvente y, cuando despertaba, aún dentro de la fase hipnopómpica, se sorprendía de haberse ido a la cama con tal libro o con tal otro.

Libros que aparecían en la alfombra con alguna página doblada, libros que surgían abiertos a los pies de la cama, libros tímidos que se escondían bajo la almohada, libros bruscos, de tapa dura, que regalaban un arañazo por cada volteo del Tipo en la cama…, de todos todos se había encontrado ya el Tipo.

En fin, que cuando el Tipo mira ahora arriba y ve la imponente torre de libros comienza a dar toques al libro que quiere extraer, tal y como si estuviese jugando a Jenga, tratando de no tirar todos los otros que tiene por encima. Y el Tipo, obtuso, emplea por lo menos diez minutos en tan compleja tarea –mucho menos de lo que tardaría en incorporarse, salir de la bañera, secarse un poco, ir haciendo pilas de libros de la torre, y llegar así al libro deseado–; pero, curiosamente, lo consigue sin mayores daños, ya que solo dos o tres libros se precipitan desde la cumbre de la torre, libros aislados como piedritas deseosas de conformar un alud que caen desde lo alto de una montaña, y al Tipo ni le han rozado.

Más tarde, llega el día de tu examen y no te levantas. No es un gesto premeditado, ni siquiera es un gesto, sino una ausencia de gesto, un gesto que no haces, gestos que evitas hacer. Te has acostado pronto, has dormido plácidamente, le habías dado cuerda a tu despertador, lo has oído sonar, esperaste a que sonara, durante varios minutos al menos, ya despierto por el calor, o por la luz, o por el ruido de los lecheros, de los basureros o por la espera.

Tu despertador suena, no te mueves en absoluto, te quedas en la cama, vuelves a cerrar los ojos. Otros despertadores comienzan a sonar en las habitaciones contiguas. Oyes ruidos del desagüe, puertas cerrándose, pasos que se precipitan por las escaleras. La rue Saint-Honoré comienza a llenarse de ruidos de coches, crujidos de neumáticos, cambios de marchas, breves bocinazos. Los postigos se cierran de golpe, los tenderos abren sus persianas metálicas.

Tú no te mueves. No te moverás. Otro, un sosias, un doble fantasmagórico y meticuloso hace, quizá, en tu lugar, uno a uno, los gestos que tú ya no haces: se levanta, se lava, se afeita, se viste, se va. Tú le dejas ir saltando por las escaleras, correr por la calle, pescar el autobús al vuelo, llegar a la hora convenida, sin aliento, triunfante, a las puertas del aula. Certificado de estudios superiores de Sociología General. Primera prueba escrita.

Es demasiado tarde cuando te levantas. Allí, cabezas estudiosas o aburridas se inclinan pensativas sobre los pupitres. Las miradas quizá inquietas de tus amigos convergen en tu puesto que queda libre. No dirás en cuatro, ocho o doce folios lo que sabes, lo que piensas, lo que sabes que hay que pensar sobre la alienación –precisamente sobre la alienación–, sobre los obreros, sobre la modernidad y sobre el ocio, sobre los oficinistas o sobre la automatización, sobre el conocimiento de los demás, sobre Marx rival de Tocqueville, sobre Weber enemigo de Lukács. De todas formas, no habrías dicho nada porque no sabes gran cosa y no piensas nada. Tu puesto permanece vacío. No acabarás tu licenciatura, no empezarás ningún posgrado. No estudiarás más.

Preparas, como cada día, un bol de Nescafé; le añades, como cada día, algunas gotas de leche condensada azucarada. No te aseas, apenas te vistes. En un barreño de plástico rosa, pones en remojo tres pares de calcetines.

No vas a la salida del aula de examen a informarte sobre los temas que han puesto a prueba la perspicacia de los candidatos. No vas a la cafetería donde la costumbre habría querido que fueses, como cada día, particularmente en este día de excepcional gravedad, a encontrarte con tus amigos. Uno de ellos, a la mañana siguiente, va a subir los seis pisos que conducen a tu cuarto. Reconocerás sus pasos en la escalera. Le dejarás llamar a tu puerta, esperar, volver a llamar, un poco más fuerte, buscar encima del dintel la llave que a menudo dejabas cuando te ausentabas sólo unos minutos para bajar a buscar pan, café, cigarrillos o el periódico o el correo, seguir esperando, golpear débilmente, llamarte en voz baja, dudar, y volver a bajar, pesadamente.

Vuelve, más tarde, y desliza una nota bajo la puerta. Después llegaron otros, al día siguiente, dos días después, tocaron la puerta, buscaron la llave, llamaron, deslizaron mensajes.

Lees las notitas y haces una bola con ellas. Te conciertan citas a las que no vas. Permaneces tendido sobre tu banco estrecho, los brazos tras la nuca, las rodillas en alto. Miras al techo y descubres en él las grietas, los desconchones, las manchas, los relieves. No tienes ganas de ver a nadie, ni de hablar, ni de pensar, ni de salir, ni de moverte.

El Tipo termina de leer, alucinado, este fragmento de *Un hombre que duerme* –especiado con cuatro ligeros cambios o añadiduras–, de Georges Perec. Buscaba inspirarse el Tipo, pero no recordaba esta parte de la novela que ya había leído en varias ocasiones, no se acordaba de este fragmento que él ve como un reflejo de su historia, de su vida. Tal vez, piensa el Tipo, la primera vez que leyó esto dejó un poso en él, un sedimento que se ha ido afianzando hasta convertirlo en el bañista que es hoy. El Tipo, manifiesta ahora, se llama en realidad Jorge Pérez –seguramente en honor a Georges Perec–; porque, ya se sabe, no hay que fiarse mucho de aquello que el Tipo manifieste.

Abre la boca el Tipo pensando en llamar a Sámuel, en decir que se deje de Godots o Molloys y que lea eso, que lea a Perec, que él quiere que la novela de la bañera se parezca a ese otro libro, aunque sabe el Tipo que ni él ni tal vez Sámuel tengan la pericia de hacer tamaño homenaje a la ociosidad, al existencialismo, al vacío, a la nada. Percibimos que al Tipo le acompaña una alegría –la de haber leído un texto prodigioso– junto a un lamento –el de no poder emular la grandeza de ese texto–.

Ya sin las palabras perdidas de la portera en el piso de arriba y agotado por tanta mental actividad, le entra, por vez primera en un largo tiempo, una dulce somnolencia al Tipo.

Tiembla y tiembla y tiembla el Tipo: tiembla mucho. A él mismo le pilla por sorpresa la tiritera y, en un inicio, piensa que simplemente está enfermo, que tal vez finalice aquí la aventura del primer bañista, muerto de pulmonía en una patética intentona de comenzar un estilo de vida alternativo.

Nada de eso: el Tipo solo tiene los escalofríos habituales por el agua ya nada caliente que le rodea, por el viento frío que se filtra desde el débil cristal del ventanuco y, tal vez, por haber sido escupido el Tipo desde un material onírico nada acogedor hace tan solo unos segundos.

En ese sueño que ahora puede recordar el Tipo, un nuevo Hitler –también con bigote ridículo y cargado de megalomanía, pero seguramente con otro apellido– llegaba a una especie de presidencia de todos los países desarrollados del mundo, que ahora pertenecían a una suerte de asociación global confederada denominada con un acrónimo infinito y estúpido.

Este Hitler no perseguía a los negros ni a los semitas, sino que ponía el foco en los desempleados, en todos aquellos que no veía útiles. Por poner un ejemplo, organizaba viajes de autobuses enormes con destinos vacacionales para personas retiradas a las que liquidaba en plena playa y echaba al mar, ya que tampoco respetaba a los jubilados.

En cuanto a aquellos ninis que vivían sin preocupaciones en casa de los padres y percibían además una clase de salario social –que había sido implantado recientemente en la historia del sueño–, recibían un día una carta bomba que acababa con sus vidas.

En el caso de aquellos que buscaban activamente un empleo, Hitler disponía tretas para camuflar a los agentes de las SS entre los responsables de Recursos Humanos de distintas empresas de la asociación global confederada, fueran estas pequeñas o grandes. Así, podía evaluar si estas personas eran merecedoras de optar realmente a un oficio o, por el contrario, de recibir un disparo que les traspasara el cráneo.

Aquellos que empleaban su tiempo en alguna ocupación intelectual, como era la redacción de la tesis sobre los lugares literarios del Tipo, no tenían un capítulo mucho más alentador: si aquel Hitler determinaba que esos tipos no aportaban ninguna riqueza a la asociación global confederada, los aniquilaba. El Hitler gustaba de pasear sus tropas por parques buscando bancos ocupados con gente leyendo a la que destruir, también arrasaba bibliotecas donde los universitarios trabajaban o incendiaba laboratorios si no producían algo que él considerara productivo (casi nada lo era para el Hitler).

Además, los trabajadores del pueblo eran premiados con bonificaciones en sus sueldos por desenmascarar a los parados para que estos fueran ejecutados, por lo que los supervivientes de entre los perseguidos emprendían una diáspora buscando un lugar seguro en el que refugiarse. Y en uno de estos grupos que huía estaba el Tipo, cruzando la ya invisible frontera entre España y Francia por Portbou junto a Walter Benjamin y su maletín, buscando desde ahí acabar en algún puerto, tomar un barco, escapar… Y en esas se despertó el Tipo, por recordar que Walter Benjamin, con la poca consciencia que a uno le queda durante el sueño, ya había fallecido hacía tiempo.

Mientras inicia otro proceso de regeneración del agua, el Tipo habla consigo mismo para animarse, sin intención de que Sámuel u otra persona le pueda escuchar. «Lo has intentado», se dice el Tipo. Y es que opina que incluso él ha tratado de plegarse al sistema, que solo a partir de esos intentos de habituación uno puede criticar realmente a la sociedad. No era el Tipo como aquellos que buscan estar solos en el patio del colegio para que así no los puedan rechazar o no los puedan dejar para los últimos escogidos cuando toca seleccionar miembros de un equipo de fútbol, no. El Tipo lo había intentado, lo había intentado más veces, lo había intentado mejor, como diría Sámuel, lo que ocurría era que al Tipo ya no le apetecía fracasar más. Lo había intentado el Tipo, por ejemplo, cuando se presentó a unas oposiciones, tras haber estudiado durante tres meses de manera frenética, re-elaborando él mismo los temas a partir de unos temarios obtusos y llenos de faltas ortotipográficas –temarios que la gente usaba directamente, sin plantearse nada, como autómatas–. Volcó uno de sus temas en la oposición y, por lo ramplona de la nota, al jurado no le debió de gustar demasiado, debían preferir uno de aquellos prefabricados y mal escritos temas de los temarios oficiales. No solo no sabían escribir, sino que tampoco sabían leer. Recuerda el Tipo que antes de ponerse a estudiar había asistido durante unas semanas a una academia que prometía grandes resultados y mostraba porcentajes de éxito con un tamaño de fuente enorme en su escaparate. Las clases no podían ser más inútiles. En ocasiones, se pasaban dos de las cuatro horas de sesión haciendo un simulacro de un examen que nadie sabía cómo realizar. Ni siquiera lo corregían a la postre entre todos para comprobar los fallos, sino que se lo quedaba la profesora.

Esta profesora dedicó la primera sesión –no se trataba de una sesión informativa para captar clientes, ya que todos habían pagado con antelación– simplemente a explicar en qué consistía el proceso del concurso-oposición. Algo que conviene saber, claro, pero que cualquiera puede extraer de la información de internet o que sería lógico que te comentasen en las academias a título meramente informativo –sin tener que pagar 200 euros para ello–. Había comenzado el Tipo a ir a mediados de un septiembre; antes de hacerlo, tuvo que pagar los casi 200 euros de la mensualidad y otros 200 de la matrícula. Le dolía desprenderse de ese dinero, arrancado de muchas horas de trabajos mal pagados: de días aspirando el calor y la humedad y el cloro en piscinas climatizadas o, peor, un dinero arrancado del fondo del bolsillo de los padres del Tipo.

Era el único chico en la clase; el resto, mujeres –muy amables todas, muy estudiosas, muy motivadas (mucho más que el Tipo)–, así que la profesora usaba el plural en femenino para referirse a todas y todos; pero, en ocasiones el Tipo, al no estar acostumbrado a esto, ni miraba para ella cuando decía «vamos todas a la página 14» o «no hagáis eso, chicas», y debía de parecer incluso obtuso el Tipo desde fuera, por perderse en la maraña del lenguaje que pretende ser políticamente correcto.

Se lo dijo el Tipo, un día, a la profesora, pero esta se lo tomó a broma alegando que no era para tanto, que ellas –salía la profesora ahora en representación de todas las mujeres que habitaban el mundo– llevaban aguantando el patriarcado del lenguaje años y años y años. Pero es que, decía el Tipo, ni siquiera me doy por aludido si me llamas en femenino, no te voy a atender, no me voy a acostumbrar de repente a eso.

Estas bobadas no eran lo más grave, lo más grave era que el Tipo nunca estaba del todo a gusto, que no se sentía motivado, que no aprendía nada, que le parecía escaso el día semanal con las cuatro horas de clase que ofrecían: horas soporíferas. En casa, el Tipo, nada hacía, ni deberes ni estudio. Y lo acabó dejando el Tipo, a principios de octubre, sin haber asistido a ninguna clase de dicho mes. Y la profesora no puso ninguna objeción, que le abonase los 200 euros del nuevo mes y que ya estaba. Y el Tipo que cómo decía, que ya había pagado medio mes de septiembre como si fuera un mes completo y, además, los 200 de la matrícula. Y la profesora con que ella no ponía las normas –pero en realidad sí que lo hacía: era la propietaria de la academia–.

El Tipo se negó a pagar, y ella se dedicó a llamarle por teléfono casi cada día comentando que le deseaba suerte en las oposiciones, pero que esperaba que no se vieran en un sitio desagradable, como en un juzgado por ejemplo. Otro día, más adelante, lo citó al Tipo en la academia, y este acudió por pensar que iba a ceder ella, que tal vez le diría cuatro bobadas para quedarse a gusto y que luego dejaría de extorsionarle con las llamadas casi diarias. Pero no. Ella le volvió a preguntar al Tipo que si pensaba pagar; y este, que no.

Y ella insistiendo hasta que comenzó a gritar como una loca y a insultar al Tipo. «Igual un día mi chico te rompe las piernas», le dijo ella al Tipo, y él, incrédulo, pensó que había escuchado mal. Pero se lo repitió ella. Y el Tipo observó un portarretratos del escritorio y vio a un hombre bajito y gordito junto a la profesora en una foto de familia, y no le vio mucho aspecto de ir rompiendo piernas. Pero la de la academia, al ver al Tipo contemplando la foto, dijo que no, que ese solo era su marido…

—El que te va a reventar es el chico que me follo –y abrió la tapa trasera del portarretratos para mostrarle la foto que estaba justo debajo de la foto de familia: una en la que se veía a un enorme hombre que parecía ruso, muy musculoso, sosteniendo en brazos a la profesora, quien debía de seducir a dicho maromo, bastante más joven que ella, a base del dinero recaudado en la academia (el hermoso ciclo de la vida: le quita el dinero al Tipo para mantener a su lado al ruso que, a su vez, le quita el dinero a ella).

Algo le dijo el Tipo, aparentando una frialdad antónima del ardor que sentía, y se dispuso a irse mientras ella le contemplaba con ojos de loca y le enseñaba la hoja de inscripción de este, con su foto y sus datos personales, incluyendo la dirección actual del Tipo.

Y, según lo que sabemos, así finalizó aquella historia, con el Tipo experimentando durante un tiempo un rechazo aún mayor hacia las oposiciones hasta que, a tres meses del examen, por su cuenta, se había puesto a estudiar. Y con el Tipo mirando atemorizado a todo hombre con aspecto de ruso que se cruzaba por la calle, pareciéndole que casi todos los rusos se le quedaban mirando, como si fueran de una especie de congregación rusa cuya única misión fuera acogotarle. Las oposiciones, ya se sabe, no fueron bien, o fueron todo lo bien que le puede ir a alguien que, el primer día que se pone a prepararlas, se preocupa de averiguar cuántos años habría de trabajar para poder pedir una excedencia y así dedicarse a lo que más disfruta: leer, escribir y demás.

Incluso hoy, con todo alrededor en quietud y silencio, en la calma de la bañera, el corazón del Tipo palpita más deprisa reviviendo la escena frente a la profesora de oposiciones.

El timbre de la puerta sonó en ese momento, como desactivando el fluir del pensamiento del Tipo, y este pasó de pensar en los problemas pasados a pensar en los problemas presentes: la maldita portera. Pero luego llamaron con los nudillos en la madera de la estrecha puerta de un modo que se nos antojaba demasiado vigoroso para los lánguidos dedos de esta. Y después, mientras el Tipo se levantaba muy lentamente de la comodidad de la bañera deseando que no llamaran nunca más y que así no tuviera que hacer una expedición fuera del baño, una voz varonil gritó: «Abra la puerta. Somos la policía».

# 4

Que sí, que son dos policías los que llaman a la puerta, a la vista de lo que observa el Tipo desde nuestro lado de la mirilla, y que detrás de ellos, sin parar de articular palabras en tonos bajos que provocan que los oídos del Tipo no puedan descifrar los mensajes, está la portera, Mariana, mientras su largo y flaco dedo índice permanece apuntando con desprecio hacia la puerta del Tipo.

El Tipo regresa al baño sin hacer ruido para poder ponerse el albornoz –no iba a abrir desnudo para que terminaran de hacerle la jodienda, que ya bastante fama de loco le habría colocado la portera– y tiene una ocurrencia genial, que él asocia a la brillantez de ideas que a uno le puede reportar la bañera, así que le vemos rebuscando en el baño un viejo bote de gel que echa sobre la lámina de agua; posteriormente, regresa diciendo algo desde el pasillo, anunciando que va a abrir y, entonces, se sorprende de escuchar su propia voz proyectada hacia alguien que no sea él mismo o su amanuense, Sámuel.

Abre el Tipo y la pareja policial le mira, o, más que mirar, le examina. La portera sigue hablando, detrás de los dos policías, como protegida por los cuerpos de estos. Que qué está ocurriendo aquí, pregunta uno de los polis, que la señora se ha quejado del Tipo.

El Tipo iba masticando, ya desde que había observado a través de la mirilla, maneras de dar una apropiada respuesta, pero no se había decidido por una hasta esa ocurrencia que él calificó de genial.

—Si es que está atontado. Se debe de drogar… –suelta la portera extendiendo ahora no solo un dedo, sino ambas manos hacia el Tipo.

Y esto le viene genial al Tipo, que los policías siguieran observando tanta hostilidad por parte de Mariana, la portera; y, en cambio, la tranquilidad por respuesta del Tipo, que explica que sí, que se había olvidado de cerrar la puerta de casa anoche y que –y con esto insertaba su estrategia, que ya no deseaba masticar más alternativas de respuesta– si pasaba tanto tiempo en la bañera era porque tenía que echarse allí un tratamiento para la piel.

El Tipo piensa que así puede quedar resuelto el asunto, pero la pareja policial duda bajo el dintel de la puerta. Sin embargo, sigue jugando a favor del Tipo, más que sus propias palabras, las de la portera, que continua soltando vocablos como «borracho», «drogado» o «loco».

El Tipo pasa a la fase dos de su plan cuando, comprobando que los policías no emprendían el viaje de vuelta a la rutina de su día a día, les insta a que le acompañen al baño para que puedan comprobar lo que él acaba de explicar. A regañadientes, uno de los policías, va tras él y el Tipo le conduce por el pasillo para, abriendo solo un poco la puerta del baño, sin dejar ver demasiado su interior –en concreto sin dejar que se observase la zona con la torre de libros, el frigorífico, la sándwichera, etcétera–, le indica con la mano para que el policía observe el color negruzco del líquido de la bañera, un preparado que en realidad no hace falta observar, ya que huele a brea, a petróleo y desde el mismo pasillo es detectado. El Tipo alega una psoriasis en gota –algo que tuvo en su día– y que ese es su tratamiento, esos baños, y que no sabe qué le había podido molestar a Mariana, la portera.

—Está bien –sentencia el policía mientras ya se da la vuelta, sin ganas de entrar en el baño del Tipo, y que ya debe de creer que este es un raro y la portera, una loca.

Tras irse los dos policías, valorando en mejor estado mental al Tipo que a la portera, esta masculla algo hacia el cuello de la bata de andar por casa que lucía, tal vez una futura venganza que, al Tipo, en realidad, si no consistía en localizar a sus padres y llamarlos para alertarlos de las novedades, poco ya le importa.

Estos pasos del Tipo por la casa, fuera de la bañera y del propio baño, se le habían antojado extraños, demasiado estables, demasiado sólidos, incluso ajenos. El primer pie que había depositado sobre la toalla al extraerse él mismo de la bañera obligado por tanta insistencia volcada sobre su puerta, le había devuelto una sensación de cierto mareo, de incomodidad. A partir de ahí, se dispuso el teatrillo: la tranquilidad frente a la portera, la amabilidad para con la policía, las gotas de producto sobre el líquido de la bañera…

El Tipo, que nunca había sido bueno en eso de mentir ni en ocultar la verdad ni en transformarla –a no ser que fuera, tal vez, en un relato escrito– ha salido airoso de la situación, cree él, porque se había visto a sí mismo como un actor, como el protagonista absoluto de su película: *La Bañera*.

Ese pensamiento, al que se asió en cuanto dio los primeros pasos fuera de la bañera con el mismo empeño que una garrapata utiliza para adherirse a su anfitrión, lo tuvo presente durante todo el intercambio de palabras y gestos. Sin dicho pensamiento fortificante, seguro estaba el Tipo de que habría hecho el ridículo, intentando explicar la verdad, que era un bañista-existencialista; inventándose una verdad que él ya se cree: lo de Camus y Sartre; y acabando, seguro, extremadamente sonrojado.

Y es que el Tipo acostumbraba a sonrojarse cada poco cuando vivía fuera de la bañera, y no era este un hábito del que se hubiera despojado, como ocurría en varios casos al desprenderse de la niñez o la adolescencia, sino que había permanecido. Tal era la exagerada costumbre al sonrojo del Tipo que, aderezada por una empatía que en él resultaba patológica, provocaba que sin mentir, cuando el Tipo manifestaba una verdad absoluta pero creía que la persona de enfrente podía opinar que estaba mintiendo, también se sonrojaba. Y ni hablar aquí de lo colorado que se ponía en otras ocasiones relacionadas con menesteres sexuales, amorosos o con ciertas conversaciones atrevidas.

Llama a este paseo por la casa, el Tipo, *la primera expedición*, para así descargarse ligeramente la culpa de haber abandonado la bañera. «No te ocurre nada», se dice el Tipo para tranquilizarse, «ha sido una salida necesaria, estamos en un periodo de prueba de la vida bañista, se pueden realizar expediciones de vez en vez».

Pero quiso aprovechar él dicha expedición para cargarse de más víveres o útiles con los que llenar el baño; aunque era reticente en un inicio, llevó los cargadores del móvil y del portátil para conectarlos a la corriente eléctrica, teniendo que despedirse así de las posibles caras que podía invocar a partir de los tres agujeritos que conformaban cada uno de esos enchufes.

Luego hizo algo más extraño –no tan extraño en él, ahora que ya le conocemos–: cargar con la pequeña pecera que tenía en el salón y llevarla al baño, ubicándola justo al lado de la bañera. El único pez que habitaba ese espacio era uno de esos goldfish baratos que alguien le había regalado hacía años y que se empeñaba en sobrevivir sin parar. Sí es cierto que el Tipo le había dado de comer justo antes del encierro en la bañera, pero habían pasado varios días desde eso y dicho pez no parecía estar hambriento –cuando lo estaba, solía boquear sin freno en la lámina más superficial del agua–, tal vez él también estuviese cambiando a un metabolismo existencialista, como el del Tipo. De todos modos, el Tipo le dio algo de comer al pez nada más llegar al baño. Algo similar hizo con una planta, regarla primero, cargar con su maceta y llevarla al cuarto de baño, a su vera, para que así se hicieran algo de compañía. Era un hermoso ejemplar de *Spathiphyllum*, planta en la que los gruesos tallos de unas enormes hojas se subdividen para ramificarse y que de ahí también surja una esbelta flor. Así, flor y hoja alcanzan una armonía insólita, luchando en una especie de danza lenta por mantenerse erguidas. Para que estuviese más iluminada, aunque fuese poca la luz natural que podía acumularse en el baño, el Tipo abrió del todo el ventanuco.

Se trataba además de una planta que había sido bautizada, que poseía un nombre, varios nombres en verdad, con el Tipo saludándola cada día de un modo distinto. En su periodo no-bañista, el Tipo podía llamarla una tarde Barbara Stanwyck y, dos tardes después, Madame Bovary. No observamos en este delirio inofensivo del pobre Tipo una necesidad de dotar de personalidad a aquellos seres vivos que no son personas, sino un cierto deseo, tal vez pretérito ya, de rodearse de nombres, de arroparse con ellos.

Y el Tipo que regresa a la cómoda bañera, con el agua luciendo un color negro ahora, un agua más densa por el producto dermatológico. No decide hacer otro proceso de regeneración: se siente plácido dentro de ese mejunje que sigue oliendo a brea, y en el que se había tenido que bañar hacía unos cuantos años cuando aún vivía en casa de los padres, debido a esa psoriasis guttata, precipitada según sus teorías por diversos avatares estresantes: estudios, novia, amigos…: la vida. Desde entonces, el Tipo solía cargar con la botella a todos los lugares por si se volvía a reproducir tal eccema casi imparable: una congregación de puntos rojos escamosos que habitaron al Tipo durante varios meses, desde el tobillo hasta el cuello. Fue a los pocos meses de terminar aquel tratamiento del Tipo cuando los padres cambiaron la bañera de casa por el plato de ducha, debido a las ventajas espaciales que este tenía. Recuerda el Tipo esos días de obras en el baño como los más tristes, unos días en los que, a pesar de tener ya unos 19 años, perdió cierta inocencia, como el día en que había descubierto quiénes eran los Reyes Magos, Papá Noel e incluso el Ratoncito Pérez. Ya en el solaz de la bañera, el Tipo, de un grito, ordena a Sámuel que vuelva a la labor. Impulsado por la excitación que le ha reportado esa pequeña batalla ganada a la portera tras el incidente con la pareja policial, e impulsado sobremanera por el papel que desempeñó ante ellos, el de protagonista de su propia película, el Tipo avanza en el relato de la historia.

El Tipo grita desde su lado de la cortina detallando un pasaje futuro, la expedición fuera del baño que será más importante, la que ocupará un mayor espacio de tiempo, la última expedición posiblemente: la que hará el personaje de la novela de la bañera –el alter ego del Tipo– para verla a Ella. En medio de tanto grito y justo cuando, tras haber detallado el Tipo cómo su alter ego le pedía a Ella que se casara con él en la bañera, Sámuel le interrumpe:

—Pero ¿no es demasiado pronto para esto?

Y el Tipo, entonces, se vuelve todo afásico, mudo, silente. El Tipo no sabe si Sámuel se refiere a que es demasiado pronto para pedirle a Ella que se case con él o que es demasiado pronto para detallar a su escribiente dicho capítulo de la novela de la bañera.

Tendría ganas el Tipo de descorrer la cortina, salir de la bañera, secarse, ponerse algo para tapar la entrepierna y, a continuación, golpear a Sámuel con un gancho en plena nariz. Estima además el Tipo que Sámuel, un hombre demasiado alargado y enjuto, no será ducho en esto del arte de las peleas.

—Me explico: este será uno de los capítulos finales, ¿verdad? –cuestiona Sámuel desde su lado de la cortina.

Y el Tipo, pensando que a ver dónde va a dar con otro amanuense si al pobre Sámuel le daba la patada y lo despedía, decide rociarse con agua helada para calmarse y le explica a su secretario, de modo diligente, que seguramente sí fuera uno de los últimos capítulos, pero que qué importaba eso, que podían comenzar por el final para ver hacia dónde se encaminaba este relato, o que podía ser también que este capítulo ocupase una de las primeras páginas de la novela a modo de prolepsis.

—Ah, bueno –contesta Sámuel, y no podía haber escogido dos palabras que molestaran más al Tipo, también por el tono apático en que fueron pronunciadas, y el Tipo que ahora se pone la alcachofa de la ducha sobre la nariz y deja que una catarata de agua gélida le apacigüe. Que lo deje de momento, le dice el Tipo a Sámuel, pero que trate de tener más disposición a la escritura y una mente más abierta para la vez próxima, por favor.

No pudiendo disponer el Tipo, desde el cómodo calor de la bañera, de un productor que se encargara de emprender las gestiones para conseguir a una actriz que desempeñara el papel de Ella –y es que el papel del Tipo en la película de la bañera lo quiere interpretar el propio Tipo, que compartía obstinación con J. D. Salinger cuando, tras proponerle hacer la adaptación al cine de *El guardián entre el centeno*, declaró que a Holden Caulfield solo lo podría interpretar él (y esto al Tipo le hacía una enorme gracia, porque se imaginaba al viejecito Salinger de su época ermitaña en el papel de Caulfield, en Central Park mirando al tiovivo)–, vuelve a llamar a Sámuel para encargarle que sea él quien contacte a dos actrices, y el Tipo solo consideraba dos opciones: Bárbara Lennie o Sophie Auster, las únicas cuya belleza y elegancia se asemejan a las de Ella.

Y Sámuel, a quien el Tipo –que prefiere no mirar su sombra a través de la cortina– imagina sentado sobre la taza del wáter con las piernas cruzadas y vestido, a pesar de hacer calor, con un jersey de cuello alto de esos que le gustaba llevar antes, emite un ruido aprobatorio, pareciendo que se pondrá enseguida con lo que el Tipo le encarga o, tal vez, intentando dejar tranquilo al Tipo sin hacerle ningún caso.

—Y el gesto del dedo que tanto repites… James, ¿es un Macguffin? –suelta de pronto Sámuel.

Y el Tipo que se vuelve a contrariar algo por lo que él considera casi una insolencia de Sámuel, pero sin duda es su nueva vida como bañista la que provoca que se apacigüe al poco y que decida no emitir una respuesta recriminando a Sámuel que no haga ningún comentario sobre las actrices y que, en cambio, salte ahora con lo del dedo que, desde luego, no era un Macguffin porque, a pesar de poder considerarlo un elemento que debería aportar cierto suspense a la trama, el gesto sí que adquiría una importancia enorme en la misma.

—Podríamos considerar como Macguffin, James, a un elemento que permite que la trama del relato avance, alrededor del cual se aplica suspense a la misma, que es la base de la historia; pero que, al mismo tiempo, no se suele llegar a mostrar por completo y que en realidad no tiene demasiada importancia al final, como ocurre con la famosa palabra «Rosebud», pronunciada al principio de *Ciudadano Kane*, o como ocurre en…

Pero la risa exagerada del Tipo frena la explicación de Sámuel. El Tipo, que en su vida como no-bañista se habría ofendido enormemente porque Sámuel opinase que el gesto del dedo era un Macguffin y, sobre todo, por la charla paternalista-ilustrativa que Sámuel acababa de hacer, ahora está riendo sin freno y chapoteando con las manos en el agua como si fuera un bebé que por vez primera responde con un acto reflejo al contacto del agua de la bañera.

El Tipo pasa a hacer luego esas palmadas de foca salpicando agua y le pide a Sámuel que se tome la jornada libre, que descanse, que ya seguirán otro día con la novela y el guion de la película; pero que, desde luego, el gesto del dedo no es un Macguffin, sino un gesto que debe trascender su significado original y erigirse como el símbolo de los bañistas-existencialistas –y ahora lamenta el Tipo no haber incluido en la traducción de aquel texto epistolar que Sartre y Camus también ejecutaban el gesto–, un gesto tan importante como lo es la señal de la cruz para los cristianos, y un gesto que en un inicio solo buscaba reencontrarse con la deidad que es Ella, regresar a su matriz. El gesto, por tanto, aunque tuviese un componente erótico o incluso sucio, no debería entrar en la categoría de lo obsceno, no lo incluiría como la actitud de la protagonista de *La pianista*, de Elfriede Jelinek, que se metía en una cabina del sex-shop para abrir la papelera y olfatear los pañuelos empapados por el olor a semen de aquellos que habían pasado por ahí antes que ella. El Tipo vislumbra ahora el recuerdo de la película homónima de Haneke, con el personaje interpretado por Isabelle Huppert absorbiendo el olor de aquellas corridas contenidas en pañuelos retorcidos, pareciendo ella más un cánido olisqueando los restos de vida escupidos por sus congéneres que alguien del todo humano.

Y el Tipo que deja que el pobre Sámuel se despida educadamente y abandone el baño. Y el Tipo que vuelve a llevarse con delicadeza el dedo índice de la mano derecha al rostro, colocándolo con precisión de relojero sobre el labio superior, a modo de bigotito enroscadito, y que lo olfatea con regocijo el Tipo, con pasión, con alivio, con suciedad…: con un comportamiento del todo animal. El Tipo espira aliviado porque el olor sigue, el aroma permanece.

Una vez a solas, el Tipo, tras agitar la mano para escurrirla, busca un nuevo entretenimiento: sumergir un dedo en el agua con el objetivo de saber la temperatura a la que esta se encuentra. Haciendo unos cálculos en la cabeza que, a pesar de su empeño, son poco certeros y, en definitiva, inútiles, el Tipo se dedica a enfriar algo el agua de la bañera. A continuación, descorre la cortina y se queda mirando fijamente la pecera, un tanto meditabundo y reflexivo.

Unos minutos más tarde, con el pez dentro de la bañera, tras habérsele escurrido unas pocas veces entre esos dedos largos y finos durante el transbordo, el Tipo estrena compañía y juega a dar el título al pez de la primera mascota bañista-existencialista de la historia.

De todos modos, al cabo de unos pocos minutos, el goldfish, que en un inicio seguro que se congratuló de encontrarse en un tanque de agua mucho mayor que el de la pecera –a pesar de la presencia del *pez gigante* que debía ser para él el Tipo–, comienza a ir hacia la superficie, donde boquea constantemente, angustiado. Tal vez el agua de la bañera esté aún demasiado cálida para él.

El Tipo, que no quisiera compartir bañera con un pez inerte flotando vientre arriba, se apura en atraparle entre las dos manos para devolverle a su hogar, a la pecera. De vuelta en la pecera, el pez recupera la normalidad, moviéndose a un ritmo más rápido y nadando más alejado de la superficie. No obstante, tal vez por el estrés sufrido, el pez había dejado en la bañera varios hilillos de excrementos que ahora deambulaban por el agua con el Tipo contorsionándose para tratar de que no le rocen. Aprovecha esto el Tipo para emprender otro proceso de regeneración del agua de la bañera. Sin embargo, en esta ocasión, deja que el tanque de la bañera se quede vacío y, a continuación, se estira para recoger varios productos de limpieza y un estropajo que se encontraba junto al lavabo para fregar con cuidado la loza de la bañera.

Esto, en realidad, era una práctica habitual del Tipo incluso cuando no era un bañista-existencialista, ya que dedicaba varias horas de la semana a limpiar con esmero su objeto preferido de esta vieja casa: la bañera. Tal era la obsesiva conducta del Tipo, que había sido habitual en él fregar la bañera unos minutos antes de bañarse y, una vez que su baño había finalizado, volver a hacerlo, repitiendo la doble acción del fregado si al día siguiente se le ocurría volver a pegarse un baño. Ahora, desde que hace unos cuantos días ya vivía como bañista, esta es en realidad la primera vez que la limpia. Menuda escena la del Tipo: contorsionándose y estirándose con tal de no poner ni un dedo fuera de la bañera y enjabonando las paredes de loza poco a poco, a pequeños tramos, con las dos manos e incluso con los dos pies. Y a este menester, tan lento como es el Tipo, le dedica un par de horas.

La preocupación fundamental del Tipo ahora es saber qué estarían pensando los de la pequeña editorial si es que efectivamente han recibido el texto epistolar entre Camus y Sartre traducido por el Tipo. «¿Se tragarán lo del Club de los Bañistas-existencialistas?», pregunta en voz alta el Tipo mirando a la humedad del techo, pero nadie emite respuesta. «¿Será mejor que llame a las editoras?», pero el Tipo se responde que no con la cabeza.

No hay muchos más problemas que turben al Tipo, sosegado en el vaivén calmo del agua de la bañera. Por ejemplo, ahora que ha mirado a la humedad del techo, se podría haber fijado en que ha aumentado de tamaño y hasta cambiado de forma, pero bastante igual le da. Algo más importante: el Tipo lleva mucho tiempo sin comer, tanto que, si él hace memoria, ya no recuerda ni qué había sido lo último que había ingerido ni cuándo lo había hecho. Pero es que, efectivamente, él cree que está avanzando hacia ese nuevo género, el post-humano, que tal vez no requiera de los hábitos de alimentación y de sueño que los no-bañistas sí necesitan. Y es que cuanto menos come el Tipo, menos necesita la comida, más se le olvida dicha supuesta necesidad diaria. Y el Tipo, cándido, confía en que tal vez aprenda a ser un Bartleby que no fallezca por inanición.

Lo que sí hace frecuentemente es beber: atrapar la alcachofa de la ducha y girar al máximo el mando del agua fría para poder salpicarse e hidratarse. En otras ocasiones, acude directamente al grifo de la bañera e imagina que se sirve una caña de cerveza, recibida directamente en las paredes interiores de su boca. Y todo esto a pesar de que el Tipo, antes de su vida como bañista, era alguien que, si tenía que beber agua, bebía exclusivamente agua mineral, y que incluso en su infancia, por ejemplo, detectaba inmediatamente cuándo la jarra de agua que sus padres colocaban sobre la mesa había sido rellenada desde el grifo, poniendo en esos casos una cara extraña, arrugada, recelosa.

De todas maneras, en lo que respecta a la comida, tiene el frigorífico bien nutrido y, a la postre, siempre podría llamar por teléfono para que alguna pizzería o restaurante le trajera comida a domicilio o, también, podría emplear internet para hacer la compra *online* y ponerse él a *cocinar* con su sandwichera.

Tanto pensar en necesidades básicas hace que el Tipo vuelva a llamar a Sámuel, esperando que su disposición para el trabajo sea ahora mayor que la vez anterior. Este regresa solícito al baño y se encomienda enseguida a la tarea de escribiente.

El Tipo salta ahora al pasaje de la noche anterior al comienzo de su vida como bañista, una noche en la que había salido únicamente con la esperanza de verse otra vez con Ella, de fingir un encuentro fortuito y poder así, tal vez, pasar un tiempo juntos.

La buscó el Tipo en cada oscuro bar de la ciudad también oscura y, por cada vez que no la encontraba, confundido y ansioso, bebía una consumición más. Y una más. Y otra.

Y el Tipo mareado no se acordaba de cómo regresó a su casa, ni recordaba aquello de haberse dejado la puerta abierta de par en par —solo así había podido entrar, pocos días más tarde, la portera—. Peor que la noche, donde no la encontró a Ella y solo bebió, fue lo consiguiente, la mañana resacosa. Y esa mañana, empero, supone el origen, la génesis, el alumbramiento, el estallido de los bañistas-existencialistas: ese era el día D.

Y aquel día D, le cuenta el Tipo de modo acelerado a Sámuel, sin permitir siquiera que este tenga tiempo de hacer los giros caligráficos de muñeca para anotarlo todo, que recuerda recobrarse de un sueño en el que era invadido por un hediondo olor que, tristemente, le seguía acompañando una vez despierto. Y que en el sueño este hedor estaba representado por un color, más feo que el color más feo del mundo, el Pantone 448 C: un marrón horrible que parecía entremezclarse con alguna hebra de verde oscuro.

Y que el Tipo tardaba varios minutos en percatarse de que este olor procedía de su propia regurgitación, que había vomitado durante la noche sin haberse dado cuenta y sin haberse ahogado, por suerte, en su propia vomitona pastosa. Y que de este desagradable olor el Tipo *huía* experimentando un terrible dolor de cabeza, sintiendo cómo varias agujas de coser se le clavaban hasta trepanar su cráneo. Y que de este insoportable dolor de cabeza, el Tipo *huía* con unos irritantes zumbidos en sus oídos, un ruido que parecía procedente de un ejército de más de mil mosquitos cantando a coro dentro de sus pabellones auditivos: uzu, uzu, uzu, uzu, uzu, uzu, uzu, uzu, uzu, uzu, uzu, uzu, uzu, uzu, uzu, uzu, uzu, uzu, uzu, uzu, uzu, uzu, uzu, uzu, uzu, uzu, uzu, uzu, uzu, uzu, uzu, uzu, uzu, uzu, uzu, uzu, uzu, uzu, uzu, uzu, uzu, uzu, uzu, uzu, uzu, uzu, uzu, uzu, uzu, uzu, uzu, uzu, uzu, uzu, uzu, uzu, uzu, uzu, uzu, uzu, uzu, uzu…

Lo siguiente que relata el Tipo, a viva voz, es que se levantó de la cama y se tambaleó hasta la puerta de la habitación, regresando al poco para tirar de las sábanas con la mancha pastosa de color Pantone 448 C, hacer con estas una bola y llevarlas al baño para enjabonarlas y a continuación meterlas en la lavadora –todo esto con una gran lentitud y pesadez, justo las que el Tipo no posee ahora para narrar de un modo pausado la situación.

—Continúe, James. Creo que este capítulo podría ser el de entrada de la novela, o bien actuar a modo de prólogo –irrumpe Sámuel, con un tono de voz mucho más vivaz que el que regalaba en ocasiones anteriores.

Pero el Tipo no tiene tan claro que esta deba ser la entrada de la novela; ya se podrá en la misma avanzar adelante y atrás cuando proceda, piensa. Y no tiene desde luego nada claro si revelar a Sámuel lo que llega a continuación: el Tipo resacoso que había entrado a la bañera con la idea de ducharse y rescatarse en parte de la resaca, pero apareció una de esas malditas y manidas pastillas de jabón que aguardaba sobre el piso de dicha bañera y, de pronto, lo esperado en este estado, el Tipo que la roza, que se resbala y que acaba con las nalgas rebotando contra la loza de la bañera. Y es ahí cuando comienza la época bañista del Tipo, es en ese instante.

—Entonces –comienza a balbucear Sámuel algo sorprendido–, ¿esto de ser bañista fue solo un accidente, un patinazo?

Y el Tipo insiste en que no, en que él estaba destinado a ser el primer bañista-existencialista, que lo de la pastilla de jabón solo precipitó los hechos y precipitó su cuerpo contra la base de la bañera. Y, ahora que lo piensa mejor el Tipo, le dice a Sámuel que no incluya lo del resbalón, que a ver qué iban a pensar los siguientes bañistas, y que seguro que eso del traspié contravenía alguna de las reglas de los bañistas-existencialistas, que aún no habían sido redactadas por el Tipo.

Y también insiste el Tipo, pero más para que Sámuel se vaya olvidando de aquello del resbalón que por otro motivo, en que el prólogo de la novelita podría ser una explicación de lo que significa el gesto del dedo, un gesto que, según lo que vemos, el Tipo hace una y otra vez buscando reconfortarse.

De la narración de este capítulo inicial le aparta al Tipo un leve ruido externo, el del telefonillo. ¿Quién llamará a esta vivienda? Casi que agradece el Tipo esta leve intromisión, pues lejos estaba de sentirse satisfecho con la narración de ese capítulo y con todo lo referido al vergonzoso incidente con aquella pastilla de jabón que por suerte le hizo resbalar. Podría el Tipo ordenar a Sámuel que se encargara de atender la llamada del telefonillo; en cambio, le pide que lo deje a solas por el momento, que ya retomarán el trabajo, que gracias y eso.

«¿Le llamará Ella, que de algún modo habrá intuido su encierro en la bañera?», piensa el Tipo, ingenuo él. «¿Será algún periodista que se ha interesado en hacer la primera entrevista a un bañista?», prosigue fabulando el Tipo. «¡Ya está! ¿Vendrán de la televisión, para ofrecerle hacer un *reality* en el baño?». Y tanta quimera rugiendo en el cerebro del Tipo hace que este se quede estático y extático, con una sonrisa perenne, componiendo en la cabeza cada imagen que conformaría cada una de estas tres ideas majaretas. Si el Tipo, en lugar de enredarse en la telaraña densa, agradable, irreal y en cierto modo apaciguante de los juicios propios, se hubiese levantado para hacer otra pequeña expedición afuera hasta llegar a la altura del telefonillo, hubiera podido comprobar que quien llamaba no era ni Ella ni un periodista ni alguien de la televisión, sino alguien desconocido portando un gran sobre.

Observemos aquí que el Tipo, en ningún momento de fantaseo ha elucubrado la idea de que algún amigo o conocido de esta ciudad gris fuera el miembro del dedo ejecutor de la llamada al telefonillo, ya que pocas amistades le rodeaban desde tiempo ha, y él no se imagina que personas como aquel amigo en cuestión de la noche en que la había conocido a Ella, o gente de la universidad que le acompañaba en su tesis, fueran a acercarse hasta su casa. Y esto era algo de lo que en realidad se alegraba el Tipo.

Podría esa gente haberse visto alertada por la poca comunicación del Tipo, incluso, a través del móvil, desde donde hace días que no les escribe un mensaje; sin embargo, eran habituales ya en la anterior vida del Tipo, la vida como no-bañista, estas ausencias injustificadas, y no deben de sorprender a nadie.

De todos modos, y aprovechando el Tipo que en la última expedición se había nutrido de los cargadores para así tener los dispositivos disponibles, enciende con cierta ansiedad el teléfono móvil y envía rápidamente un par de mensajes a cada una de las personas que, más que resultar de gran importancia para el Tipo –a excepción solo de los padres, que sí lo eran–, podrían alterar su estancia en la bañera con alguna inesperada visita: los mencionados padres, el amigo en cuestión, un conocido del barrio, un par de colegas de la universidad y el socorrista de la piscina donde solía nadar. Y el Tipo que enuncia estos mensajes de un modo que parece connatural en él, como si estuvieran pre-escritos en su mente. Mensajes escuetos, en los que afirma que estará unos días fuera, que ya les avisará, que vaya bien. Pero donde el Tipo se frena es cuando la pantalla del móvil muestra el nombre de Ella; tendría que intentar verla, salir de aquí y explicar lo que ocurre, pero solo es capaz de enviarle otro escueto mensaje y ya abandona el teléfono, un teléfono que luego apagará, que colocará fuera de las inmediaciones de la bañera, bien lejos de las tentaciones.

Que menos mal que la portera cerró la puerta y que los policías también cerraron la puerta de casa al marchar, cree el Tipo, que esto se podía haber convertido de lo contrario en una suerte de museo donde el Tipo devendría en una atracción cultural. El baño, un museo contemporáneo; el Tipo, una instalación viviente mostrando los efectos relajantes y elevadores de ser un bañista, los beneficios de un ser bañista. Y todo llenándose de curiosos que descorrerían con curiosidad extrema la cortina para sorprender al Tipo, que ni siquiera los miraría, abstraído en los propios menesteres del bañista-tipo: la meditación, la contemplación, los planes de futuro para los bañistas-existencialistas o tareas más mundanas como echarse jabón en el cuerpo.

Y a medida que el Tipo fabula, más le apetece emprender otra expedición para abrir la puerta, imponer un horario muy reducido, y que esto se llenase durante un par de horas al día de curiosos turistas japoneses armados con sus cámaras réflex, documentando la curiosa historia del primer bañista. Además, opina el Tipo, eso podría resolver una de sus preocupaciones mayores, una verdadera necesidad –superior a la de dormir, superior a la de ingerir–, la de ingresar algún dinero cobrando entrada a los curiosos, pues a medida que avance su vida bañista, dejará de percibir el poco dinero que le ingresa la universidad y seguramente también los euros que sus padres, alertados por la situación económica del Tipo, ingresaban de vez en cuando en la cuenta de este. También era cierto que, según se fueran incorporando más bañistas-existencialistas, el Tipo podría cobrar una cuota simbólica de entrada, que fuese una especie de fondo común para aquellos bañistas con más necesidades. Y pocas necesidades tenía un bañista, enmarcado siempre en la vida austera y ermitaña, pero algún alimento habría que comer, y algún libro habría que comprar, y algún mantenimiento requerirían el baño y la bañera; aunque, por el momento, eso no es un verdadero problema.

Algo que inquieta al Tipo ahora, ya alejado de los económicos menesteres, es lo que escucha procedente del piso de arriba, del de la portera: el total silencio, la ausencia de movimientos, un vacío de sonidos nada habitual. Un silencio que, acompañado del silencio de estas horas próximas a la noche –el Tipo cree que es de noche, pero la diferencia lumínica del día a la noche en la mayoría de las jornadas de esta ciudad gris, dentro de este baño que solo recibe iluminación a través del pequeño ventanuco abierto, es mínima– y de unos acúfenos que han decidido coordinarse con la portera para desaparecer por el momento, hacen pensar al Tipo, por un instante, que se ha quedado sordo. Y el Tipo que chapotea luego para comprobar que no, que todo es silencio fuera, pero que oír, oye.

El Tipo compone en su mente la secuencia de la portera apesadumbrada, molesta porque su plan de llamar a la policía había resultado un fiasco, un fracaso, la confirmación de que, si un poquito averiada estaba la mente del Tipo –lo de que es solo *un poquito* es lo que él opina, claro–, la mente de la portera es la de una trastornada.

Y de pronto un chillido absoluto, un grito como el de Janet Leigh en *Psicosis*, pero sin la música de Bernard Herrmann, amedrenta al Tipo. Y es que el Tipo ni siquiera se percata en un inicio de que ese chillido es suyo, que procede de su aparato fonador a pesar de lo agudo y hasta femenino que ha sonado.

Ha llegado, por tanto, antes la reacción que el razonamiento. El chillido llega y después viene la conjetura de aquello que lo ha provocado: un ruido anterior, el estruendo de la enorme pila de libros derrumbándose sobre el piso del baño, cayendo como misiles desde un avión impactando sobre las baldosas, sobre el lavabo, la sándwichera, etcétera.

No se han caído solos, fruto de la inestabilidad que otorgaba la excesiva altura a la torre de libros, algo los ha movido, alguien merodea en el baño del Tipo.

# 5

Que el Tipo, algo temeroso, vuelve a descorrer la cortina confiando en que el causante de todo ese estruendo y el consiguiente sobresalto sea Sámuel, pero que no, que al hacerlo el Tipo observa al intruso, husmeando agitadamente entre los libros desperdigados por todo el piso de la bañera. Por alguna extraña razón, era un pequeño gato peludo quien se había colado en el baño del Tipo, seguramente a través del ventanuco, que llevaba un largo tiempo abierto. Dicho gato, en cuanto el Tipo le descubre y deja la cortina abierta, salta hacia ahí como si esa fuera la salida a sus problemas. El gato cae de golpe sobre el agua de la bañera y, a pesar de su sobresalto inicial, luego se queda relajado sobre el agua, observando la cara de espanto del Tipo hasta que el felino trepa por la resbaladiza loza de la bañera para salir de la misma y volver junto a los libros desperdigados por el suelo, removiéndose al final para salpicar las gotas de agua de su pelo.

El Tipo, ya más relajado, y sin creer que el gato —que no era negro— fuera una especie de señal maléfica contra su decisión de vivir como bañista, se resigna a tener que salir de nuevo de la bañera y ponerse el albornoz para observar que el gato, ahora impasible, ha buscado acomodo entre dos libros voluminosos que habían caído en posiciones muy cercanas: *La odisea*, de Homero y *La broma infinita*, de Foster Wallace. Y al Tipo, que tampoco es que lleve mucho tiempo en este lugar y que tampoco es que haga mucha vida vecinal, el gato no le recuerda a ninguna de las mascotas con las que se ha cruzado en el ascensor o en los pasillos del edificio.

Al Tipo, entonces, no le queda otra que asomarse al ventanuco –por el que podía caber no mucho más que el cuerpo del gato o, como máximo, la cabeza y los hombros del Tipo– y retorcerse para mirar arriba, pensando que algún nuevo vecino hubiera tirado al gato queriendo que se estampara contra el patio y el felino hubiera conseguido prenderse del viejo tendedero ubicado al lado del ventanuco o, pensando mejor, que el propio gato se hubiera escapado, como ocurría con aquel felino llamado precisamente Ulises que aparecía en la película *A propósito de Llewyn Davis*, de los hermanos Coen, que siempre tenía intenciones de fugarse. El Tipo, tras escrutar las pocas ventanas que tiene por encima del nivel de su casa –solo hay dos pisos más elevados que el suyo–, regresa para observar al gato, quien fija la vista ahora en la pecera y en el pez contenido en ella.

El Tipo, sin embargo, se detiene demasiados segundos contemplando una de las ventanas, cuyo interior, a pesar de permanecer oculto por un visillo, refleja un color rojizo; ahí vive una atractiva vecina del Tipo que, en uno de los primeros días de este en el edificio, le había pedido que por favor la acompañase en el ascensor hasta llegar a su planta, ya que tenía claustrofobia y sentía pánico de quedarse sola.

Luego le había dicho que si quería la podía acompañar a casa y tomar así un café juntos, pero el Tipo no supo interpretar dicha invitación y, nervioso, la declinó. Posteriormente, durante unas semanas, se dedicaba él a mirar cómo la chica atractiva recibía una visita masculina tras otra y, como en ocasiones no corría el visillo, se podía contemplar en la pared iluminada de rojo de su habitación, la sombra de dos cuerpos encadenados. Posiblemente fuera una prostituta la vecina, pero el Tipo solamente piensa ahora en que debería de haber aprovechado aquella ocasión para tomar ese café.

Un silbido de alguien que se encontraba por debajo de la pequeña ventana del Tipo evapora los recuerdos melancólicos de este y, al contorsionar la cabeza para poder mirar bien abajo, descubre que el vecino del apartamento que está justo bajo el suyo –un apartamento que el Tipo creía desocupado, pero que sabía que querían alquilar–, está asomado, también con la cabeza retorcida debido a las estrechas dimensiones de las pequeñas ventanas:

—¿Un gato se te coló ahí? Es mío, debió de escalar por el canalón el capullo. ¡Dámelo! –dice un hombre de unos treinta y cinco años con un acento extraño.

Y el Tipo, solo de pensar en el trabajo que le daría tener que seguir con las expediciones, pero esta vez hasta salir de casa para devolverle el gato a ese hombre, se ve envuelto en una bruma de pereza e inapetencia.

—¡Tíralo, tíralo! –grita pareciendo escuchar la pereza del Tipo el hombre desde debajo, un hombre que asoma gran parte de la cabeza y dos brazos bastantes voluminosos por el ventanuco, queriendo así recibir al gato que permanecía estático en el baño del Tipo.

Duda el Tipo, claro, de la peligrosidad de tal acción: dejar caer a un gato por el patio de luces, por mucho que sea una simple distancia de un solo piso. Y entonces el Tipo trata de calcular los posibles peligros de tirar al gato por ahí y le pregunta al hombre del piso de debajo si está seguro.

—¡Tíralo, tíralo! –repite el hombre de modo aún más vehemente que en la ocasión anterior–. Yo bien lo cojo –sentencia, dejando una muestra de que lo del acento raro podía ser por estar aún perfeccionando su uso del castellano, por ser de algún otro país que empezaba a sonar a Europa del Este.

Y el Tipo que, efectivamente, vuelve a meter la cabeza dentro del baño, mira al pobre gato, va hacia él con recelo, lo atrapa sin que este ofrezca apenas resistencia y lo asoma con cuidado por la pequeña ventana, pudiendo ver a duras penas por la angosta apertura del ventanuco los brazos extendidos del hombre de Europa del Este, que seguía animando al Tipo a que dejase caer al gato. Y el gato que parece que, al asomarlo al patio, siente un gran rechazo, y se diría incluso que quiere evitar regresar a su vieja casa, pues comienza a removerse entre las manos del Tipo. El Tipo opina entonces que tal vez esto del gato sea una malísima idea y que, si tiene que bajar a casa de ese hombre a dárselo, lo hará. Pero el gato se remueve más y más y más, y maúlla y hasta le araña al Tipo y le muerde, y las manos del Tipo ceden solas ante tanto ataque, cayendo el gato, eso sí, en una trayectoria del todo lineal, directa hacia las enormes manos del vecino.

El Tipo asoma ahora del todo la cabeza para observar cómo el gato desciende y, en ese momento, el vecino abre los brazos dejando que dicho gato siga cayendo hacia el suelo, y el pobre gato maullando como un loco que se estampa contra los hierros de uno de los tendederos viejos de uno de los pisos más bajos.

—¡Tú has tirado mal! –dice el hombre de Europa del Este al Tipo–. Pero da igual, solo era un gato tonto…

Y el Tipo mostrando una expresión de horror se dispone a cerrar el ventanuco y regresar a la bañera cuando el hombre de Europa del Este parece mirarle de un modo distinto y con cierto gesto de sorpresa en la cara, hasta que consigue colar un brazo de nuevo por el espacio de su ventana y señalar al Tipo:

—¡Aaaah! Tú eres el moroso chico de academia. No sabía que vivías encima de mi casa, cabrón.

Pero no hay ningún atisbo de recelo ni de reproche en el hombre, que ahora el Tipo ya identifica como el ruso de la foto de su profesora de la academia de oposiciones, aquel que le iba a romper las piernas según ella. El Tipo llega a pensar que tendrá que huir, encontrar otra casa, otro baño, otra bañera. Pero el ruso solo se ríe desde debajo diciendo «moroso chico» y, a continuación, cierra la ventana. Desde luego, no parece que el ruso tenga una actitud agresiva hacia el Tipo. El Tipo mira luego al patio, abajo, pero el gato inerte es recogido de inmediato por la vecina divorciada del bajo, quien dice una y otra vez «Jódete, Mariano, que ya tengo compañía».

La portera, en cambio, ha debido de presenciar la secuencia del presunto asesinato del gato, ya que ahora la escuchamos gritar y está golpeando con algo el suelo de su casa para que reverbere en la del Tipo, quien observa cómo afectan los golpes a la mancha de humedad del techo, que parece expandirse cada poco.

Al rato, la portera se cansa de aporrear su propia casa, pero continúa soltando un discurso contra el Tipo, un discurso que este ni comprende ni se molesta en tratar de comprender.

Y el Tipo que vuelve a llamar a Sámuel mientras realiza otro proceso de regeneración del agua, un agua que ya se enfriaba y que se había llenado de pelos del posiblemente difunto gato.

El Tipo continúa narrando la historia de Ella, de quien sabía que procedía de un programa de intercambio de la Universidad de Michigan con la Universidad de la ciudad gris, y que residiría al menos un año aquí perfeccionando su español. «Siempre una de Michigan», comenta el Tipo, que desde los veinte o los veintiún años, sabiendo que llegaban cientos de chicas americanas –todas de esa Universidad, de Michigan– que estudiaban español en esta ciudad gris, salía por las discotecas de la zona vieja buscando hablar con ellas. Y cada vez que conseguía estar con una nueva, percibía una sensación de repetición, de enciclamiento, de *déjà vu*.

Daba igual que las chicas fueran rubias o morenas, bajas o altas, que tuvieran el pelo largo o corto, todas tenían la misma edad, veintidós años, y todas procedían de la Universidad de Michigan. Y eso era lo que agravaba la sensación de repetición del Tipo, que las chicas, por distintas que fuesen, siempre tenían unas características comunes; mientras que él, por su parte, cada año era mayor y cada vez desentonaba más por edad con dichas chicas. Él era siempre el mismo, pero cada vez más viejo; ellas eran distintas entre sí, pero siempre igual de jóvenes.

El Tipo relacionaba esto con aquella historia que había recogido Paul Auster en *Fantasmas*, la de un esquiador que fue tragado por una avalancha en los Alpes, cuyo cuerpo nunca había sido recuperado. El hijo del fallecido, que en el momento del accidente era muy pequeño, también se hace esquiador y acude un día, sin tan siquiera saberlo, a una zona cercana a aquella en la que su padre había perdido la vida. La montaña, en realidad, fruto del paso de los años y de todos los desplazamientos persistentes del hielo, había sufrido ciertos cambios. El hijo, entonces, tras adentrarse en una aventura en solitario, encuentra un cadáver preservado perfectamente por la congelación. Al acercarse a él para contemplarlo, sin saber al principio si era realmente su padre, el joven esquiador tuvo la impresión de estar contemplando su reflejo al ver el cuerpo congelado de su padre, y había algo terrorífico en la situación, y era que el padre resultaba tras la inspección pormenorizada que le hizo su hijo, aún más joven que este.

—Disculpe, James; pero ¿qué relación guarda esa anécdota con la historia de las jóvenes americanas?

Prefiere no contestar el Tipo, simplemente explica que le da la sensación de que cada año se besa con una misma chica, aunque enfundada, eso sí, en un aspecto diferente; sin embargo, él es siempre un año mayor, y cree que puede que le lleguen los 31 o los 35 y que continúe con esta ocupación, la de buscar americanas con las que estar: ellas siempre igual de jóvenes; él siempre más viejo. Pero que Ella parecía distinta, que con Ella había tenido la sensación desde el principio –tal vez también porque, a pesar de ser otra estudiante de español de la Universidad de Michigan, no la había conocido en los bares donde había conocido a todas las demás– de que era distinta, de que no era una funda que contenía los cuerpos de chicas americanas anteriores.

Y le va sumiendo esto al Tipo en un pesar, en esa sensación recurrente de que la ciudad le atrapaba. Si bien ahora, como bañista, es él quien reina en su vida. Interrumpe el relato el Tipo para preguntarle a Sámuel si cree que por mencionar la anécdota recogida por Auster habrá que pedir alguna clase de permiso; pero el mismo Tipo sabe que no, lo que ocurre es que le alegraría que Sámuel emplease sus contactos para contactar con la familia y, a partir de ahí, comenzar a hablar con Sophie Auster, la hija de los dos, para comprobar si valdría para interpretar el papel de Ella en la película de la bañera.

El Tipo le pide a Sámuel que salte a otro capítulo, y que anote estrictamente lo que va a dictarle a continuación, que no admitirá modificación alguna en este concreto pasaje:

«Ya la forma era ideal: el tamaño idóneo, una perfecta proporción. Si con algo lo tuviera que comparar, lo haría con la preciosa y membranosa cabeza de un bello calamar, un pequeño calamar».

»El tacto era algo diferente, algo superior. Un tocar muy suave, dulce, que hacía que uno se viera inclinado y empujado a acercarse, a besarlo, a amarlo. Que era agradecido y, con solo rozarlo, ya comenzaba a empaparse, a prepararse.

»El sabor era supremo, de delicatesen, de manjar prohibido, de adicción para toda una vida. Pero lo primero, tal vez, era olerlo, adivinar el sabor a través del olfato, como con el buen vino, imaginárselo uno en la boca con solo acercar la nariz, con dejar que esta se metiese dentro de él, con empaparla de las gotitas que contienen su perfume, rebotando de una pared membranosa hasta la otra.

»Llamaba a la aspiración, a insuflar todo el aire regado por esa magnífica fragancia, a tratarlo como deidad, como umbral de acceso a nuevos universos, a caída en el placer solo con imaginar, solo con pensar. Y es que la experiencia, aunque ocurriese una sola vez, y aunque esta vez uno estuviese drogado y ebrio, quedaba grabada en la mente, también en el cuerpo de uno, y uno no podía hacer otra cosa que pensar de manera cíclica en ello.

»El sabor era un poco cítrico, aunque parecía contener algo azucarado, como almibarado; a la vez, sabía a lo que tenía que saber, a algo de sudor limpio, a pasión, a casi suciedad –no en la higiene, sino en el acto–. Era un sabor que llevaba al deseo, al impulso, a la acción. Era irresistible, y uno se querría quedar saboreándolo toda una vida, luchando por entrar más adentro para así aspirar toda la pureza del manjar.

El Tipo, cambiando el tono de voz, le preguntó a Sámuel que qué le parecía esa descripción, que sabía que era imposible describir esa parte de Ella, que no iba a estar a la altura; pero que era necesario hacerlo, sí, necesario, y que le ayudara a buscar el lugar para colocar ese fragmento dentro del texto.

Y mientras, el Tipo que vuelve a llevarse con delicadeza el dedo índice de la mano derecha al rostro. Codo en lo alto y puño de la mano derecha tapando el ojo derecho, colocándolo con precisión de relojero sobre el labio superior, a modo de bigotito Dalí, y que lo olfatea con regocijo el Tipo, con pasión, con alivio, con suciedad…: con un comportamiento del todo animal. El Tipo espira aliviado porque el olor sigue, el aroma permanece.

—Supongo que podremos ver lo adecuado de dicha descripción cuando lleguemos a la fase de corrección. Pero comparar una vulva con la cabeza de un calamar… –responde Sámuel desde el otro lado de la cortina.

Pero al Tipo ya no le molestan demasiado ni las impertinencias de Sámuel ni su indiferencia ante la redacción de ciertos capítulos.

Rememora el Tipo a continuación, para sí mismo, creyendo que castiga al copista Sámuel por no compartirlo en voz alta, una reflexión que se perdió entre las hojas que ahogó en la bañera cuando decidió eliminar todo lo anterior a su época como bañista, cuando las palabras del cuaderno tiñeron de varios colores el líquido elemento que el Tipo ha convertido ya desde hace un tiempo en su hábitat.

Y es que todo lo que el Tipo había ido anotando en estos años de jovial furor de escritor –un escritor fracasado, claro, aunque el Tipo opine que estos fracasos se deban casi exclusivamente a la mala suerte–, siempre con esa angustia de que podía olvidar una idea, una reflexión, el inicio de una novela, el final de un relato, las características psicológicas de un personaje, la trama del libro que le iba a hacer escritor de éxito o una simple frase que se le ocurría, todo lo anotado era grabado no solo en el papel, sino también en los surcos del cerebro de un Tipo que trataba a la Literatura, en parte, como la trataba a Ella, como una deidad, como una realidad sagrada, como algo que pretendía con tanta ilusión que su disfrute le era totalmente inalcanzable. La sensación, en definitiva, era que para lograr algo, el Tipo, jamás podía desearlo con todas las fuerzas.

Así, seguramente todos los pasajes del cuaderno que el Tipo redujo a papel mojado y a tinta ondulando en el agua seguían presentes en la mente de este, por mucho que ya no fuera un no-bañista. Palabras grabadas con un punzón en la mente del Tipo, haciendo nuevas carreteras y curvas en un cerebro ya de por sí enrevesado.

Lo que queríamos expresar es que el Tipo declaraba en una de esas hojas que desconocía lo que significaba el aburrimiento y que, donde la mayoría de las personas experimentaban hastío, él solía ver una oportunidad para pensar, para anotar, para jugar con los entresijos de su cabeza. Escribía el Tipo en esas hojas que el de socorrista –su oficio de entonces, de no hacía tanto en realidad, su último trabajo antes de convertirse en bañista si no contabilizábamos como trabajo la redacción de las primeras páginas de la tesis doctoral–, al fin y al cabo, era similar al oficio de escritor: al acto de escribir e incluso al acto de vivir.

El símil lo encontraba el Tipo en esa premisa de extraer algo sustancial de la aparente monotonía, de permanecer alerta a pesar del letargo común; de saber detectar entre la multitud, en un apacible día de piscina, que uno de los usuarios se dispone a lanzarse al agua sin haberse duchado y sin llevar puesto el gorro de baño, y de decidir en función de la necesidad de esta acción, del descaro de dicho usuario, del mucho o poco respaldo que vayas a tener de tus compañeros, y de la puntillosidad que caracterice a los otros nadadores si decírselo al usuario inmediatamente o no, así como saber qué responder a lo del gorro cuando él conteste: «pero si yo soy calvo».

Las horas del socorrista, al igual que las horas del escritor, por vacías, por deshidratadas, por no coincidentes con otros empleos que consisten más en hacer que en ver, por ser –como otra gente llama, pero no precisamente nosotras y no precisamente el Tipo– horas muertas, se acumulan rápidamente en el contador del Tipo, que siente que el tiempo, henchido de vacío, de aire, de casi nada, pesa poco, como un globo de gas que, liviano, vuela sobre todo en la dirección condicionada por aquello que le rodea: el viento, un edificio, una montaña, la corriente de aire que genera un tren de alta velocidad, etcétera.

Lo que no era común, atendiendo al historial laboral del Tipo, era que se le aceptase en trabajos mal remunerados y de malas condiciones –en ocasiones, como socorrista trabajaba catorce horas seguidas, él solo, en una pequeña piscina de barrio, ingeniándoselas a la media hora de tiempo libre para tomarse el descanso comiéndose un bocadillo desde la sala de calderas sin dejar de mirar el agua de la piscina–, ya que los jefes debían de pensar que alguien como el Tipo y como muchos otros jóvenes, alguien con dos carreras universitarias, un máster, conocimientos de idiomas, con buenas experiencias laborales aunque fueran a través de becas o debido a irse al extranjero e iniciando un doctorado, se quejaría pronto de las condiciones laborales y acabaría por abandonar el oficio.

Lo que sí era común era que el Tipo, tras acabar su jornada de socorrista percibiendo algo menos de cinco euros la hora, se cambiara y nadase sobre el agua que unos minutos antes, ataviado con camiseta y bañador largo, abrumado por la alta temperatura y el elevado porcentaje de humedad que se respiraba en el recinto climatizado, solo observaba.

Una vez enjuagado en la ducha, el Tipo paseando las chanclas hasta llegar a una calle libre de la piscina e iniciando a continuación el ritual: sentarse en el bordillo, humedecer el gorro y colocárselo, tomar algo de agua entre las manos y pasársela por el cuerpo, dejarse caer poco a poco en la piscina, colocarse las gafas, sumergirse completamente, impulsarse apoyando los pies en la T de color azul oscuro de la pared de pequeñas baldosas, nadar, nadar nadar nadar-nadar.

Y el Tipo sintiéndose, una vez superados esos primeros largos algo pesados, más poderoso cuanto más nadaba, y de nuevo la presencia de ese ojo mágico, ese escrutador imaginario, a través del cual el Tipo se imaginaba que alguna chica –aunque aún no la conociera a Ella– le contemplaba nadando. Eran estos momentos del Tipo, los de nadar sin freno con trayectorias rectas que se superponían una y otra vez, tiempos de inspiración, de alumbramiento de una idea que el Tipo llevaba semanas buscando para alguna de sus historias a medio escribir. Tanto era así que el Tipo, siendo conocedor del numen que le solía visitar entre las aguas de la piscina, se comenzó a aficionar a llevar una pequeña libreta y dos bolígrafos que dejaba junto a las chanclas, donde de vez en vez volcaba su cuerpo empapado por el agua para anotar ciertas ideas, creyendo que la gente que le observaba pensaba que simplemente era un *freak* del deporte que apuntaba ahí los tiempos o los entrenamientos que efectuaba.

La angustia se daba, durante estas jornadas natatorias, cuando la irrupción de ideas atacaba al Tipo sin encontrarse cerca de la pequeña libreta o cuando, a pesar de estar muy próximo a ella, incluso al lado, a solo unos metros, ya había dado el volteo, sus pies ya habían impulsado el cuerpo desde la T azul oscura para comenzar un nuevo largo que tendría que nadar –no iba a frenarse en el agua y darse la vuelta ahí precisamente– con la desazón de pensar que a la siguiente brazada, la idea podría desarmarse, no aguantar todo el largo, el volteo y cada brazada del siguiente largo, hasta que pudiera frenarse y escribir.

Y en definitiva, que toda esta secuencia del socorrista-nadador-escritor la hubiera incluido el Tipo en este libro, en la novelita de la bañera, y se la habría dictado pormenorizadamente a Sámuel, tratando de que este no añadiera adjetivos ni palabros varios, al igual que le ordenó con el pasaje de la cabeza del calamar, y que el Tipo aún consideraba que tenía la figura del socorrista-nadador-escritor mucha relación con la figura del bañista-existencialista; pero que, lamentablemente, había leído poco antes de hacerse bañista que Oliver Sacks, el neurólogo y escritor, hacía esto mismo: nadar para que las ideas le fluyeran, y apuntarlas poco después en sus cuadernos. Esto, además de un bonito sentimiento de hermanamiento con el ya fallecido Sacks, sumía al Tipo en un pesar, el producido por que la mayoría de esas ideas que él paría como nuevas, como originales, ya iban a estar trilladas por muchos antecesores, y que tal vez no podría crear nada del todo nuevo. La figura del Tipo nadando extenuado, con los sóleos de ambas piernas altamente contracturados y estas extremidades, por tanto, moviéndose de modo pesado; el Tipo impulsándose en la piscina con las dos bolas del gemelo ya subidas, con el consiguiente dolor, pero con el impulso de una nueva idea que volcar al llegar al bordillo en su pequeña libreta: esa imagen no la quería el Tipo incluir en la novela, y todo era por Oliver Sacks.

Algo de lo que sí querría el Tipo departir con Sámuel para que se incluya en la novelita y en la película de la bañera es de ciertos momentos de epifanía que vivía trabajando de socorrista, cuando estaba totalmente solo en la piscina, cuando a una hora determinada se colaban los rayos de la luz del sol por los ventanales de la instalación y estos rebotaban contra las ondas del agua rebosante de la piscina y esta, a su vez, actuaba como un espejo reflejando dichos rayos en una pared lateral externa a la piscina. Algo similar a esto, aunque a menor escala, le ocurre al Tipo aquí, en la bañera, cuando el clima se configura para que no se acumulen demasiadas nubes y un rayo de sol incide sobre el cristal del ventanuco, que hace rebotar dicho rayo dentro del baño.

—James –interrumpe Sámuel–, ¿quiere que siga escribiendo?

El Tipo lanza un ruido afirmativo desde el otro lado de la cortina, sin mirar siquiera la sombra alargada y enjuta de Sámuel, a quien le recuerda que no hay motivo para el trato de usted entre ellos dos, que tal vez una mayor cercanía ayudaría a que el trabajo fuese aún más placentero para ambos. Y también le dice ahora que le disculpe por el desorden que debe de haber en el baño: todo libros tirados y desperdigados, que fue cosa de un gato, pero a saber si Sámuel se lo cree o no.

—Vale –responde Sámuel, sin que lo escueta que es su contestación ofenda ya al Tipo, un hombre relajado, como todo bañista que se atenía a las reglas del Club de los Bañistas-existencialistas, unas reglas aún no redactadas, solo bosquejadas en la mente del Tipo.

Y el Tipo que no le dicta a Sámuel ni nada relativo a las reglas ni aquello de la epifanía con los reflejos ni siquiera lo del socorrista-nadador-escritor, sino la última imagen que había tenido de Ella, caminando totalmente descalza y desnuda por la casa del Tipo en la mañana siguiente a haberse conocido, con el Tipo dudando sobre si le agradaba más el gusto que sentía al contemplarla paseando así por la casa o si le molestaba que a través del ventanal del salón algún curioso vecino la pudiese ver también de esta manera. A Ella, por su parte, no le debían de importar las posibles miradas furtivas de los vecinos. Y el Tipo que había permanecido postrado en la cama por una ligera resaca –no tan grave como la siguiente resaca, la de la última noche como no-bañista, cuando fue precisamente a buscarla a Ella: nunca hubo un malestar de tal calibre.

Con la obnubilación del Tipo a partir de dicho recuerdo, decide este otorgar el permiso a Sámuel para que descanse, y así poder descansar también él. Estando el Tipo en solitario, cada ciertos segundos, minutos u horas, descorría la cortina y buscaba con la mirada un espejo. Lo localizaba –siempre en el mismo lugar, obvio, aunque a él parecía sorprenderle– entre el vaho del aire y los azulejos sudados, y se incorporaba algo en la bañera para intentar verse reflejado en él. El espejo, lejano, velado, con el hálito del baño adherido al cristal, le devolvía una forma más o menos reconocible y el Tipo volvía a acomodarse en la bañera. Solo quería comprobar que su reflejo permanecía ahí, que le esperaba al otro lado.

Pocos elementos echaba en falta el Tipo del mundo externo: al margen de personas como sus padres y de objetos como una máquina expendedora ubicada en los bajos de su edificio, programada y colocada por el instalador para que la mayoría de las bolsas de patatas y chocolatinas quedaran atrapadas y comprimidas contra el cristal, cosa que el Tipo conocía y de la que, de vez en vez, se aprovechaba al golpear con el hombro en un punto estratégico que hacía que la máquina expendiera y escupiera todos los artículos que habían quedado trabados, al margen de esto, poco extrañaba el Tipo ya.

Sí que extraña el Tipo, ciertamente, del mundo de los no-bañistas, la droga. Droga que aquí, en un tanque de agua relativamente pequeño –en realidad era una bañera grande, donde prácticamente cabía el Tipo estirado por completo, pero él ya fantaseaba con bañeras gigantes, casi piscinas, en las que pudiera incluso nadar– iba a resultar complicado consumir.

La droga fundamental del Tipo cuando era un no-bañista no era ni la cocaína ni la heroína: se drogaba de un modo particular. Desde adicciones que en principio parecen más simples y menos peligrosas hasta comida basura y televisión basura, pasando por –y aquí llegaba la verdadera droga del Tipo– deambular por la casa, completamente solo, corriendo, saltando, escuchando canciones basura mientras el Tipo ensoñaba y tejía en la mente secuencias en las que triunfaba en el mundo literario: una droga que, en verdad, solía alejarle cada vez más de lo único que podía acercarle a su objetivo: el papel y el bolígrafo.

Se drogaba comiendo varias tabletas de chocolate sin freno, y más comida, nada de control. Se drogaba con masturbaciones desganadas, para evadirse, motivadas por el puro acto de la distracción. Se drogaba hasta viendo el fútbol, contemplando cómo se pasaban la pelota de un lado a otro del campo. La realidad es que el Tipo no era adicto a nada de esto, ya que podía pasar meses sin consumirlo y, seguramente, sin tan siquiera tener las ganas de hacerlo.

No había necesitado el Tipo, por tanto, del café ni del té, porque la cabeza le hervía sola, aunque las ideas nunca se evaporaban. «¡Idos de aquí!», gritaba con frecuencia en su época de no-bañista. Y de nuevo, para esquivar la locura o para participar más de ella, el Tipo saltaba, el Tipo corría, el Tipo bebía, el Tipo leía. Se desnudaba y escribía. Se asomaba a la ventana. Se anudaba dentro de una manta. Gritaba el Tipo. Rompía papeles. Escribía más. Leía leía. Papiroflexia y a volar. Pedía comida a domicilio el Tipo. Devoraba. Cantaba. Bailaba agarrado a los cojines del sofá, o suelto. Llamaba a alguien por teléfono. La verborrea del Tipo. Creaba. Mandaba cartas. Postales también. Un dibujo. La masturb-acción del Tipo sobre las letras de sus anotaciones. Acartonando el papel. Sin dormir el Tipo, eso sí, como ahora, como en la bañera.

Y es que no soportaba la cafeína para incitar la actividad, que le postraba siempre en la cama con una sensación trémula de tener los ojos cansados, la boca distendida, ganas de sueño y la mente demasiado agitada, en ebullición, con el cuerpo golpeado por un corazón que repicaba sin freno, un pájaro carpintero agujereando su caja torácica.

Se había drogado también concediendo entrevistas al vacío de su habitación –algo que podría perfectamente hacer aquí, en el vacío del baño–, pintándose a sí mismo como escritor. Y de hecho el Tipo, ahora, de vuelta al presente y sin Sámuel al otro lado, comienza a decir en alto que para la redacción de la novelita de la bañera ha sido imprescindible la ayuda de este, de Sámuel, que sin él no habría novela, que Sámuel era como un *doppelgänger* del Tipo, uno a cada lado de la cortina de la bañera: mientras uno dictaba, el doble escribía.

—Se habla mucho de una adaptación cinematográfica de su obra. ¿Qué nos puede decir de esto? –cuestiona un periodista que el Tipo contempla en el baño, entrevistándole. Pero al cabo precisa que esa voz no existe en realidad, que esa voz es otro personaje de su inventario.

Es cierto que aquí, en la calidez de la bañera, el Tipo ya no tenía estos impulsos drogadictos y que, por lo tanto, estaba aprendiendo a ser un bañista-existencialista en toda regla, casi al nivel de Sartre o de Camus.

El Tipo vislumbra ahora esta secuencia: la de los dos célebres filósofos y escritores en sus respectivas bañeras, escribiéndose el uno al otro acerca de los hábitos que mantenían para llevar mejor la vida como bañistas. Tanto le agrada al Tipo dicho pasaje que prorrumpe en carcajadas exageradas y siente la tentación de descorrer la cortina, alcanzar el viejo cuaderno del que solo sobreviven unas pocas páginas y comenzar a escribir, volver a escribir. Y era esa, tal vez, la única droga que realmente anhelaba el Tipo, la escritura, aliviada a través de Sámuel, especie de metadona medianamente necesaria para persistir con la agradable vida en la bañera.

¿Qué otra necesidad podía haber para el Tipo más imperiosa que esta, que la de escribir? Si el Tipo, en su vida como no-bañista, se despertaba con una consciencia máxima y se empeñaba a los pocos segundos en el ejercicio de la escritura.

Lo mismo le ocurría cuando echaba una leve siesta después de la hora de comer –o antes: la siesta del carnero–, el Tipo era expelido de la fase onírica a los dos minutos o a los pocos segundos de haber cogido el sueño y, reaccionando con una viveza inusitada, se le ocurrían nuevos capítulos para la entonces pergeñada novela. No necesitaba el Tipo de esas ocurrencias de Dalí de echar una siesta sentado y con una llave entre las manos, situada esta justo encima de un plato que, al dormirse el pintor y relajar los músculos, recibiría el impacto de dicha llave, alertando y despertando a Salvador Dalí. Las llaves del Tipo eran las ideas y el plato era un cerebro que, en la etapa de no-bañista, vivía ávido de que lo pusieran a prueba, de que una idea chocara contra él y lo hiciera resonar como la loza de aquel plato que recibe la caída de la llave.

Por lo tanto tenemos claro que, si algún impulso permanece dentro del Tipo ahora, al margen de los impulsos sexuales –impulsos que no tienen necesidad de ser eliminados siendo bañista, pues tal vez llegue el día en que se oficien bodas entre bañistas que compartan grandes bañeras y, además, la masturbación está totalmente permitida (incluso es recomendada) según las reglas del Club de los Bañistas-existencialistas, a pesar de que el Tipo aún no las ha redactado–, es el de escribir, y que esta tentación es si cabe mayor, hasta alcanzar una dimensión inmensa, justo cuando el Tipo se despierta en la bañera.

El Tipo, que como él mismo afirma es de ciclos cortos, y con esto quiere expresar que, con un tiempo relativamente escaso de actividad ya requiere un descanso –aunque este no sea necesariamente empleado para dormir, aunque este sea, simplemente, eso que la gente llama *no hacer nada*– que también será muy escaso, ha ido abandonando la costumbre de dormir desde que es un bañista; pero, de vez en cuando, echa siestas o microsiestas en las que, aprovechando la oscuridad del baño y la de sus ojos cerrados, fabula que está en una bañera aún más amplia que la suya, en un baño de lujo con todos los cuidados o incluso en un balneario en el que viven en comunidad varios bañistas-existencialistas.

Y es que todas las bañeras, al igual que todas las camas, pueden parecerse entre sí cuando se encuentran rodeadas por la niebla oscura y densa de este baño; así, el Tipo juega a viajar ahora desde su bañera hacia cualquier otra, aprovechando esos segundos o minutos en los que se aferra a ese estado intermedio entre la vigilia y el sueño. En esos instantes de confusión, sea esta real o fingida, con el cerebro meticuloso del Tipo intentando confirmar que la loza de esta bañera es la loza de su bañera y que la bañera se ubica en el baño de la casa donde vive el Tipo, este (el Tipo) disfruta escapando del raciocinio e imaginándose por ejemplo en una romántica piscina junto a Ella. De este modo, los espacios en negro que observa el Tipo a través de unos ojos entrecerrados, espacios infinitos en posibilidades, se modificarían: desplazándose paredes, elevando techos y modificando demás objetos, transformándose en la ensoñación que el Tipo desee. Esto, que ahora nos puede parecer el típico antojo del bañista-existencialista, se producía también porque, en su anterior vida como no-bañista, antes de haber desempeñado el oficio de socorrista, el Tipo había trabajado como monitor acompañante de alumnos que iban de viaje de estudios al extranjero o a algún campamento, algo que provocaba que muchas veces se despertara desorientado, sin saber si estaba en Irlanda, Reino Unido, Malta o en alguna casa de esta ciudad gris en la que, por cierto, se solía mudar cada nueve o diez meses fruto de su voluntad inestable.

El Tipo ahora, recobrándose de un leve sueño que ha durado un par de minutos, e impulsado por la inspiración del recientemente despierto y, además, por una lluvia o un granizo que hace golpear las gotas o las piedras contra el cristal del ventanuco, comienza a declamar un poema sin ánimo real de que Sámuel lo copie, pero con ánimo de que él mismo sea capaz de recitarlo y, en cambio, resistirse a escribirlo: «La lluvia talla el fértil suelo / raíles que conducen / hasta tu cuerpo y divino recipiente». La lluvia era, precisamente, la variable más importante que se recibe del exterior, ya que la penumbra de luz que entra por ese feo ventanuco en esta ciudad gris es, fuese de noche o de día, fuese artificial o natural, casi siempre la misma.

Y en realidad no sabemos si el Tipo se refiere en su poema a Ella o a la propia bañera que le contiene hasta que lanza un grito almibarado: «¡¡Oh, Bañera!!». Y no creemos que sea por esta exhortación algo azucarada, ni siquiera por el poema, pero comenzamos a creer que la vida en la Bañera tiene algo más de sentido, que es algo más propio del que abre los ojos para mirar al mundo que del que los cierra para escapar de él. Y tal vez sea únicamente nuestra opinión, y seguramente nosotras jamás haríamos nada parecido, pero vemos al Tipo como un enajenado, sí, un enajenado que se ha enfrentado a los avatares de la sociedad contemporánea, tras haberse visto superado por ellos, tras creer más lógico recluirse para iniciar un nuevo estilo de vida que seguir alimentando la crueldad de los nuevos tiempos, tras encontrar su hábitat aquí, tras resbalarse, marearse y postrarse en la Bañera, de acuerdo, pero marearse al alcanzar la consciencia de que muchos de los actos anteriores, los de su vida como no-bañista, habían sido efectuados de un modo robótico, autómata, poco humano. Al Tipo, que al principio de la novelita de la Bañera le veíamos como a un inconsciente con el que tal vez se pudiera conformar una historia, le contemplamos ahora como un iluminado.

Y la puerta de la casa es aporreada y esto saca al Tipo de una inspiración lírica que, de todas maneras, tras el «¡¡Oh, Bañera!!», ya no auguraba nada demasiado prometedor. Pero el Tipo aguardando inerte en la Bañera, sin efectuar movimiento alguno y posando las manos entre la lámina más superficial del agua, para frenar los vaivenes de esta, para que las pequeñas olas formadas no disparasen a la loza hasta repicar. Solo cuando vuelven a llamar con insistencia a la puerta, el Tipo comienza a moverse, a incorporarse, a disponerse para efectuar una nueva expedición, con una incertidumbre comparable a la del astronauta que aluniza y sale de la nave para dar saltos ingrávidos.

Una vez con el albornoz y las zapatillas, echándose el cabello hacia atrás con unos dedos extremadamente arrugados que parecen estarse absorbiendo a sí mismos, el Tipo camina por el pasillo hasta llegar a la puerta, que es de nuevo aporreada con un vigor exagerado y exasperante. Diseminados por el parquet, varios folletos de publicidad del reciente restaurante chino ubicado cerca del portal del Tipo. En estos pequeños folletos que sin duda le habían colado por la rendija inferior de la puerta, había ciertos mensajes escritos, como: «Soy la *parja*» o «¿Jugamos al *ajedrec*?», además de alguna amenaza aún menos graciosa por carecer de faltas ortográficas.

Así que el Tipo aguarda hasta que le vuelven a golpear la puerta y abre esperando escuchar las majaderías de la portera, en parte deseoso de saber con qué impertinencia le molestará en esta ocasión. Lo que ve el Tipo al abrir la puerta es, sin embargo, al enorme ruso del piso de debajo, el amante de la profesora de la academia, cuya exagerada estatura hace que la cabeza se alzase por encima del marco de la puerta:

—¡Ya era hora de que abrieses, cabrón!

Y el Tipo que va retrocediendo mientras el ruso va avanzando hasta agacharse para librar el marco de la puerta y entrar en la casa del Tipo, quien sufre un mareo, pero no uno de esos mareos provocados por la máxima consciencia, o tal vez sí, y en uno de los pasos atrás el Tipo pisa un folleto de publicidad del restaurante chino y resbala, más por el vahído que por el resbalón físico ciertamente, y cae rebotando de una pared a otra del pasillo, como uno de esos muñecos hinchables de aire que se mueven a uno y otro lado sin parar.

# 6

Que el Tipo se reaviva con el enorme ruso postrado sobre él, abofeteándole la cara y gritando palabras que no podemos entender. Y el Tipo que, al ver semejante mastodonte domeñándole, pero henchido por el valor típico –el valor del Tipo– de cualquier Bañista-existencialista, lanza un puñetazo hacia la cara del ruso, quien detiene la mano derecha atacante, se las ingenia luego para atraparle uno de los finos y alargados dedos del Tipo, lo estira, lo contempla, se lo acerca a la cara y, aun no siendo a modo de bigotito enroscadito, se lo coloca sobre el labio para aspirar su fragancia.

—¡Sí que sigue oliendo de puta madre el dedo, joder! –grita el ruso mientras suelta el dedo índice del Tipo–. A coño, pero huele muy muy bien. ¡Me he puesto cachondo y todo! ¡Mira! –exclama el ruso al señalarse una erección que se le adivina bajo unos pantalones cortos de deporte.

Y el Tipo que no sabe qué replicar a eso. Un Tipo que, si hubiera trazado junto a Sámuel una escena para el encuentro con el ruso amante de la profesora de la academia, seguro, no hubiera podido alcanzar el surrealismo con el que comienza esta.

—Es que tardabas en espabilarte, me puse a curiosear por ahí y acabé leyendo esos apuntes que habías hecho –dice el ruso mientras agita el cuaderno en el que el Tipo solo había dejado notas referentes a la vida del Bañista–. ¡Menuda tienes montada en el puto baño, y tenías los libros por el suelo! –aclara el ruso mientras se incorpora. Y al Tipo, todavía sentado sobre el suelo del pasillo, le parece ahora más gigante, con la cabeza llegando casi a rozar el techo.

El Tipo se encoge de hombros mientras se fija por primera vez en que el ruso parece esconder algo bajo la camiseta, así que el Tipo vuelve a exudar desconfianza, preguntándose qué puede ser lo que esconde el ruso: ¿un arma de fuego para acabar con él (tampoco le haría falta: le bastaría con usar sus enormes manos), una cámara de vídeo para documentar la vida del Bañista? El Tipo se dirige entonces al baño, avergonzado por que el ruso haya visto el desorden que, por otra parte, estaba causado principalmente por su gato.

—¡Tranquilo! Si ya he recogido yo, joder.

El Tipo da las gracias y se comienza a incorporar mientras aclara que fue el pobre gato quien, tras entrar a través del ventanuco, tiró todos los libros por el suelo.

—Sí, sí, el puto gato. Pero mira, lo he salvado al final. Me lo dio la vecina rara esa del bajo –y en ese instante el ruso se sube la camiseta dejando a la vista un abdomen fuerte pero velludo y surge de ahí un pequeño gato, que parece de menor tamaño y menos densidad de pelaje que el anterior.

El gato sale disparado desde la camiseta del ruso hacia el suelo y corre como animal herido hasta salir por la puerta de la casa, que permanecía entreabierta.

—Bajará a mi casa el puto gato. Es muy tímido –anuncia el ruso; pero, en realidad, ese gato no baja las escaleras, sino que las sube, buscando alejarse de todo lo que tuviera que ver con el ruso y con su casa.

Prefiere no hacer ningún comentario el Tipo sobre ese felino que, evidentemente, no es el mismo gato al que él mismo dejó caer por la ventana, con el ruso permitiendo que siguiera cayendo hasta ser recogido del suelo por la señora del bajo.

—¡Mira cómo me ha dejado el puto gato! –y el ruso levanta aún más la camiseta para mostrar líneas rojas de arañazos que se acumulan en su abdomen por haberse empeñado él en darle la sorpresa del gato al Tipo.

Con el Tipo ya del todo reanimado y el espectáculo de ese gato que no era el gato original, el ruso cierra la puerta y se dirige, esta vez de un modo más serio, al Tipo:

—Mira, chico, a mí tu profesora lo que me dijo es que te rompiera las piernas a ti y te intentara sacar el dinero de donde fuera, ¿vale? –aclara el ruso mientras lanza un dedo amenazante en dirección a la cara del Tipo. Y regresa el temor de este, que retrocede uno o dos pasos hacia el baño.

—Por eso me dio la ficha con tus datos y tu dirección y acabé alquilando el apartamento de aquí abajo.

El Tipo quiere articular una respuesta; pero, tantos días sin tener una conversación (exceptuando el breve intercambio con la policía y los dictados a Sámuel, que no constituían una conversación al uso) le provocan un embotamiento de palabras, ideas, justificaciones y excusas que bajan de la cabeza a la garganta del Tipo y, una vez ahí, se atoran como un tapón en la glotis de este.

—Y aun así me costó dar contigo, cabrón, que en la ficha habías puesto el portal, pero no el piso en el que vivías. Y además, en la realidad eres menos guapo que en la foto que tenía de ti –sentencia el ruso, que se ríe ostensiblemente al finalizar la frase, buscando tal vez la carcajada cómplice del Tipo. Con la mente del Tipo, algo propio de los que se convierten al Bañismo, yendo a toda velocidad, este trata de recomponer el capítulo con el ruso y concluye que, seguramente, no sea más que un sueño raro, como aquel del Hitler de los parados. El Tipo, entonces, busca asirse al tacto de las paredes que ahora toca para impulsarse desde lo onírico hacia lo más real, pero no despierta.

—¿Qué haces tú ahora flipando y tocando cosas así? ¿Tienes droga por ahí, hijo puta? ¿Me la pasas?

La no respuesta del Tipo provoca que el ruso prosiga con el discurso previo:

—El caso es que me quiero librar de la vieja de la academia, así que no pienso hacerte nada, ¿vale? Yo voy a decir que te he dado unas cuantas hostias y le voy a pagar con mi dinero la mensualidad que debes –y justo cuando el ruso pronuncia la palabra «debes», el Tipo piensa en hacer un inciso y aclarar que él no considera que deba nada, pero luego opina que es mejor callar– y le diré que me tengo que largar una temporada por si la policía hace preguntas y así igual me deja en paz la vieja.

Y solo ahora, el Tipo, más relajado, pronuncia dos palabras: «de acuerdo».

—Había pensado en maquillarte como que te había metido de hostias, hacerte una foto y mandársela a la vieja, pero como no traías una buena cara, ya te caíste tú nada más verme, y además dejé que te dieras algún golpe, aproveché a hacerte una foto mientras estabas desmayado –y el ruso que extiende el móvil en dirección a la cara del Tipo y le muestra una instantánea de este postrado en el pasillo, con el albornoz, el pelo mojado, los ojos cerrados y la marca de un golpe reciente en la mejilla.

Así que el Tipo quiere atraparle el móvil al ruso para borrar dicha foto, pero el ruso es rápido de reflejos y aparta el teléfono móvil rápidamente:

—Para, para, que así nos deja en paz la vieja. Se cree que te he metido y se queda contenta. Tiene la paliza y tendrá el dinero que le dé yo; pero a nosotros ya no nos tendrá, ni a ti para tocarte la polla ni a mí para chupármela –concluye el ruso, que se comienza a reír a carcajada limpia de su ingenio y le da un golpe cómplice al Tipo en el brazo.

—¿Trato? –pregunta el ruso mientras extiende la mano hacia el Tipo, y a este no le queda mucho más remedio que estrechársela, reuniendo las fuerzas que le quedan para que el apretón de manos sea enérgico y fuerte, creyendo que así el ruso no pensará del Tipo que es tan enclenque.

—Por cierto –añade el ruso mientras ya encara la puerta de la casa del Tipo–, en cuanto vaya esta tarde a darle la pasta y le enseñe tu foto a la vieja, vuelvo a casa y me hago Bañista, como tú, aunque igual empiezo a media jornada, que me queda un mes del trabajo de segurata en la discoteca y ahí se folla mucho. ¿Qué te parece?

Y el Tipo que responde que «genial», y en realidad se ilusiona ante la idea de que haya otro Bañista, aunque sea el ruso loco, amante o examante de la profesora de la academia.

Luego, con el Tipo ya acompañando al ruso a la puerta de salida y con la mano del Tipo sobre la manilla, el ruso vuelve a atrapar dicha mano, logra extender el dedo índice del Tipo y se lo coloca sobre el labio, para absorber la fragancia que aún permanece en el mismo.

—¡¡Qué bien huele, joder!! –grita el ruso, e incluso parece tratar de llevarse la mano a la boca, pensando seguramente en chupar el dedo del Tipo para saborear aquello que desprendía tan buen olor.

Pero el Tipo reacciona a tiempo, tira de su propia mano y, a la vez, empuja con la otra al enorme ruso, al que no desplaza ni un centímetro y, sin embargo, sí que se desplaza el Tipo hacia atrás, impulsado por el propio empujón, aunque al menos tiene ya la mano derecha a salvo. Y en este proceso se ha llegado a sentir el Tipo como una especie de semidiós, de papa al que le besan el anillo, con el ferviente ruso deseando la mano, deseando el dedo. El ruso acepta el empujón del Tipo y, aún embriagado por el almibarado y perenne olor del dedo, abre la puerta para irse. Justo antes de hacerlo, dice:

—¡Ah! Antes vi que esto había para ti en el portal y lo cogí –y extiende un papelito pequeño que recoge el Tipo–. Si quieres, te lo recojo yo luego –dice el ruso justo antes de irse, sin esperar respuesta.

¿Que qué papel es ese? Pues un aviso de una compañía de mensajería dirigido al Tipo, indicando que el receptor del envío se encontraba ausente a la hora de haberlo intentado contactar –y en este momento recuerda él las llamadas al telefonillo, a partir de las que había jugado a adivinar qué dedo habría presionado el timbre–. En cuanto al remitente, se trataba de la pequeña editorial a la que el Tipo había enviado la traducción del libro epistolar entre Camus y Sartre. No pensaba el Tipo continuar ahondando en la expedición, tener que alejarse de su Bañera, salir a la gran calle y recoger la mercancía. Además, a partir de ahora podría disponer del enorme ruso para ese tipo de mundanos menesteres, un segundo Bañista-existencialista que, cual exégeta, había sacado sus conclusiones acerca de la vida en la Bañera a partir de las notas del Tipo en aquel enjuto cuaderno del baño. Y en cuanto a la mercancía, estaba claro de qué se trataba, de las galeradas del libro que había traducido el Tipo. Como siempre, la pequeña editorial había sido muy rápida en su trabajo.

El Tipo, haciendo memoria ahora y visualizando en la mente las dos traducciones anteriores que le habían encargado desde esa pequeña editorial, recordaba que, al mismo tiempo que el envío postal de las galeradas, le solían mandar un correo electrónico con el archivo del libro en PDF para que el Tipo también lo tuviera en versión digital.

Excitado el Tipo, dando saltitos en el pasillo que provocan que el albornoz se le vaya abriendo cada vez más, trata de contener las ansias de volcarse inmediatamente sobre el ordenador a revisar dicho documento. No era tan extraño que los de la editorial le contestasen tan pronto –solo habían transcurrido cinco o tal vez siete días desde el envío del Tipo, no estábamos seguras, ya que nosotras, al igual que el Tipo, ya no medíamos el tiempo–, y es que habían insistido en la enorme ilusión que les hacía haberle birlado los derechos de esta traducción a las editoriales más grandes y, además, conocían la minuciosidad loca del Tipo que, en su obsesiva corrección, solía examinar tanto cada texto que ningún ojo escrutador sería capaz de hallar alguna falta ortotipográfica o algún otro error que no fuera intencionado.

Aun así, a pesar de esta celeridad a la hora de la respuesta por parte de la editorial, el Tipo desconfiaba; resultaba evidente que si le hacían el envío postal, querían hacerle llegar al Tipo ya el texto en una versión más definitiva, pero ¿y si habían decidido eliminar por incongruente todo lo relativo a la vida de Sartre y Camus como miembros del Club de los Bañistas-existencialistas?

El Tipo, ansioso y sin poder de concentración, acabó con sus pasos conduciéndole a la cocina, donde desenchufó el penúltimo aparato que formaría parte del menaje del baño, un pequeño electrodoméstico que había adquirido en una de sus estancias en Reino Unido, donde no se podía imaginar una casa en la que no hubiera uno: un *kettle*, un hervidor de agua con el que el Tipo podría prepararse rápidamente las infusiones. Junto con este hervidor, obvio, el Tipo también se llevó al baño varias bolsas de infusiones. De camino a la Bañera, el Tipo se hace con el último aparato que formará parte del menaje del baño: el teléfono inalámbrico, que estaba en un armario del pasillo, y que le podría ser útil al Tipo si debe hacer el ejercicio de llamar a los de la editorial, ya que en su móvil no tenía tarifa plana pero en el fijo sí, y no era cuestión de ponerse a derrochar por muy Bañista que fuera uno.

De vuelta al hogar, de nuevo envuelto por el calor de la Bañera, el Tipo, asegurándose de mantener los brazos secos, despliega el ordenador portátil y parte en busca del posible correo electrónico de la editorial. Comprueba con gran alborozo que sí, que efectivamente se lo han enviado; lo abre al instante y, sin tan siquiera leer el cuerpo del mensaje, abre el archivo PDF que se adjunta.

Evidentemente, se trata de las galeradas, y el Tipo, con un corazón galopante que reverbera hasta en la garganta, abre el archivo y se desplaza dentro de él con la solvencia de un experto guía de montaña, como quien se mueve por un territorio conocido y demasiadas veces transitado, el de las palabras propias.

Abre el menú de búsqueda el Tipo y va saltando de una palabra a la otra; primero teclea «Bañera»: y efectivamente hay varias entradas con dicho vocablo en el texto, en las cuales se explica la asiduidad a escribir desde la misma tanto de Sartre como de Camus; luego, busca un neologismo el Tipo, el concepto «Bañista-existencialista»: y también aparece en unas cuantas ocasiones, definiendo que esta era la ocupación de Camus y Sartre por aquellos tiempos además de la de escritores; después, el Tipo busca simplemente la palabra «Club», que halla siempre dentro del concepto del Club de los Bañistas-existencialistas; por último, al Tipo se le ocurre buscar «Beauvoir», y aparecen los capítulos en los que el Tipo explicaba que también Simone de Beauvoir comenzaba a formar parte de dicho club y a practicar, por tanto, los hábitos de todo buen Bañista.

Los dedos le temblaban al Tipo, los brazos también trémulos hasta el punto de tener que apartar el ordenador para que no se precipitara sobre el agua de la Bañera: ni una coma de estas explicaciones le habían modificado, todo estaba casi igual —estos editores independientes sí le habían puesto la tilde en la primera *o* de la palabra *solo* cuando significa solamente y también se empeñaban en que las rayas de cierre que iban antes de los puntos desaparecieran—. Nada iba a decirles el Tipo, no fuera a ser que les diera por revisar la verosimilitud de lo escrito. Todas las ocurrencias del Tipo permanecían en ese librito, que a punto estaría de poder ser adquirido, de poder ser leído por los poco más de mil ojos (quinientos por dos, claro, que mil lectores ya serían demasiados) que solían tener los libros más vendidos de esta pequeña editorial.

Eso ya sería un triunfo para el Tipo, quinientas personas paseando la mirada por las explicaciones referentes a la vida en la Bañera y a la militancia de Sartre y Camus en el Club de los Bañistas-existencialistas. Algún lector crítico dudaría de la veracidad de esto, claro, ¿y cuánto bien le podían reportar esas dudas al Tipo? El lector crítico consultando otros libros o biografías sobre Camus y Sartre, desesperado al no encontrar nada referente a los Bañistas-existencialistas; haciendo tal vez preguntas en foros sobre literatura, en los cuales el Tipo ya se encargaría de que el enorme ruso y parte del resto de Bañistas escribieran que sí, que ellos ya habían oído hablar de estos hábitos de los dos escritores franceses; y el lector crítico que, a pesar de no saber seguramente francés, se empeña en encontrar el libro epistolar original, el traducido y travestido por el Tipo, pero es un librito casi descatalogado incluso en Francia, que ninguna librería de París vende y que, con muchísima suerte, solo podría hallar en alguna librería de viejo o en los puestos verdes de los *bouquinistes* a orillas del Sena; y si el lector crítico siguiera en su empeño de hallar el libro original y tuviera fortuna y consiguiera hacerlo y lograra tener al lado a alguien que le fuera traduciendo al español sus pasajes y comprobara entonces que no, que ahí nada se decía de que Sartre y Camus formaran parte e incluso fundaran el Club de los Bañistas-existencialistas, sería para entonces tarde tarde tarde, porque ya habrá muchos Bañistas-existencialistas entonces, dispuestos a descreer las teorías del lector crítico, con su viejo libro francés agitado en la mano.

Pero el Tipo podía imaginarse, desde luego, aún mejores escenarios para el libro epistolar de Sartre y Camus, situaciones en las que el librito batía el récord de ventas de la editorial –algo para lo que solo harían falta unos mil ejemplares–, pero que lo batía con muchísima diferencia, y que se propagaba el mensaje de la vida en la Bañera. Que muchos y muchas, ¡muchas lectoras, muchos lectores!, disfrutaban de la vida de los Bañistas y, cansados de la tortuosa existencia en la sociedad moderna, de los trabajos de mierda, de las relaciones superfluas, de la pura banalidad, fundaban un nuevo Club de los Bañistas-existencialistas y descansaban en sus Bañeras, desconociendo que, seguramente, en el mismo portal, uno u otro vecino estuviera haciendo exactamente lo mismo: tomar las riendas de la vida, despedirse del trabajo, meterse en la Bañera y fundar otro Club de los Bañistas-existencialistas. Miles de clubes de un solo miembro, porque faltaría el modo de constituirse como sociedad. Como una sociedad, no obstante, en modalidad a distancia o al menos semipresencial, que no sería cuestión de que el Tipo, que al fin y al cabo había decidido ser Bañista para aislarse de todo lo que le molestaba de la sociedad, como cura para su agorafobia, ahora tuviera que recibir visitas de otros Bañistas que se estuvieran iniciando. O tal vez sí, porque al Tipo no le importaría organizarse un horario para que otros Bañistas viniesen a su casa si eso servía a la postre para propagar los hábitos del Club de los Bañistas-existencialistas. Incluso se podían organizar pequeños eventos sociales, todos los Bañistas acudiendo a determinado balneario, cerrado para ellos, disfrutando.

Muchas mujeres, muchos hombres, muchos jóvenes desesperados y más o menos deprimidos ante esta sociedad que esclaviza y automatiza reaccionando, siendo proactivos, practicando la nadería de la vida en la Bañera con toda la intención, como modo de salvarse.

«¿Y si el libro llamaba la atención de algún lector extranjero?», se preguntaba en voz alta el Tipo. Que el Tipo supiera, y había investigado el tema, el librito epistolar no se había traducido a ninguna otra lengua, ni siquiera al inglés o al alemán. ¿Y si ocurría que ahora se comenzaba a traducir a otras lenguas, pero no desde el *tan difícil de encontrar* original, sino desde la recientemente publicada traducción al castellano? El Tipo volvía a elucubrar una situación concreta, mientras daba las palmaditas de foca que provocaban salpicones que hacían activar el sonido de la loza de la Bañera.

Un turista japonés que sabe algo de español y que llega a una librería pequeña donde le recomiendan el librito epistolar. Y el japonés que, a pesar de sus problemas con el idioma, diccionario en mano, lee el libro de principio a fin y al llegar a su Tokyo, Osaka o Kyoto, libro bajo el brazo, va de una a otra editorial intentando que se traduzca. ¡Lo consigue! Y el libro se publica finalmente en una gran editorial japonesa. Y varios japoneses, ya se sabe, tan fantasiosos y emocionales e impresionables, deciden hacerse Bañistas, y se lo toman muy en serio.

El Tipo recuerda que son algunos japoneses los que, por ejemplo, acuden a suicidarse al bosque Aokigahara. También que muchos japoneses, los llamados *hikikomori*, deciden encerrarse en su habitación e intentan vivir en ella: ¡cuánto mejor estarían en la bañera, formando parte del Club de los Bañistas-existencialistas! Por qué no esperar del librito, por tanto, una clase de efecto Werther, inspirado por la novela de Goethe (*Las penas del joven Werther*) al provocar que muchos jóvenes se suicidaran por amor. Aquí no habría suicidios, claro, aquí surgiría el efecto contrario, un efecto vital, como el efecto Papageno, que surgió posiblemente como respuesta al efecto anterior, y que impulsa que aquella gente que mantiene ideas suicidas pueda fijarse en modelos de personas que han poseído las mismas ideas pero que han logrado reconducir sus vidas y salir adelante. Eso es más similar a lo que busca el Tipo que hagan los Bañistas, fijarse en el mensaje dado, reconducirse y, finalmente, salvarse.

Tras iniciar un nuevo proceso de regeneración en la Bañera, el Tipo aprovecha el ardor del agua renovada para introducir alguna de las bolsitas de infusiones dentro de la misma. En un experimento que parece buscar más el propio divertimento del Tipo que alguna función concreta, las infusiones comienzan a inundar el baño con agradables fragancias. El Tipo disfruta así imaginándose bebido él por la gran infusión aromática que es ahora la Bañera, que le va en parte consumiendo y arrugando.

Ocurre al poco de haberse llevado a cabo esta ocurrencia y sin que ambos sucesos guarden relación entre sí, que un reflejo estilizado se comienza a mover plácidamente por las paredes y el techo del baño. La mirada del Tipo persigue a este reflejo –que le recuerda a aquellas epifanías de piscina– como si el Tipo fuera un gato que juega a desenredar un gran ovillo de lana que desciende por una pendiente.

El Tipo, atraído por el fenómeno luminoso, descorre la cortina de poliéster y comprueba que el reflejo, efectivamente, accede al baño a través del ventaruco. Como sabemos, no es común que este fenómeno se produzca en la ciudad gris. Esta nueva epifanía solo va a ocurrir a una hora determinada en la que los rayos del sol puedan apuntar directamente al patio interior del edificio; después, y esto es lo más complicado, deberán encontrar vía libre los rayos solares, no encontrarse bloqueados por la niebla o por las nubes, algo casi insólito en la ciudad; por último, para darse el movimiento caprichoso del mencionado reflejo estilizado por todo el largo y ancho de las paredes, este debe ser impulsado por otra ventana próxima a la del Tipo, que debe actuar como espejo y estar en movimiento o disponer de algún elemento cercano a la misma –un ventilador, quizás un adorno colgante– que esté realizando algún tipo de movimiento y ayude al desarrollo de la transición del reflejo.

Sin tratar de localizar la fuente que provoca el movimiento del reflejo, el Tipo se deleita con el oscilar azaroso pero continuo de este por dentro y fuera de la Bañera. El Tipo vive la irrupción del estilizado reflejo como un milagro del que no quiere tener mayor conocimiento, que únicamente desea contemplar.

Evidentemente, el Tipo recuerda aquellas epifanías que vivía en la piscina climatizada, con los rayos lumínicos rebotando sobre las ondas del agua y reflejando contra la pared un vaivén de preciosas líneas. Aquí es, claro, más complicado que ocurra el fenómeno, ya que el espacio por el que puede entrar la luz es reducidísimo si lo comparamos con los grandes ventanales de la instalación deportiva donde se encontraba la piscina.

La memoria del Tipo sigue retrocediendo entonces hasta caer en la infancia, cuando desde la cama de los padres y con la ventana de estos ligeramente abierta, un amanecer soleado le premiaba con la visión de un mapa de re-flejos proyectado sobre el techo de la habitación. Una reproducción a escala de los edificios de la calle anexa a la casa de los padres sobre el techo, y los coches que transitaban por la carretera sirviendo para reflejar líneas móviles que ya el Tipo, en su infancia, perseguía con la mirada.

La paz que rodea al Tipo ahora, deleitándose con el calor de la Bañera y con el aroma de las infusiones y con el reflejo estilizado que el Tipo piensa continuar persiguiendo con la vista hasta que este se evapore, es absoluta, y apenas guarda un reducto en la mente para las ideas que le puedan in-quietar: qué hará si el mensaje de los Bañistas-existencialistas se propaga, qué les explicará de su decisión a sus padres, cómo conseguirá contactar con Ella, etcétera.

El Tipo, de un modo automático, robótico, ha ido efectuando tareas duran-te estos días o incluso estas semanas para ir disponiendo y preparando su futuro. El móvil, apagado y carente de batería en un inicio, fue recargado por él para publicar luego un mensaje que los contactos menos lejanos pudieran ver; en este se indicaba que el Tipo se encontraba de vacaciones. A los padres, evidentemente, les envió un mensaje privado, sin reparar el Tipo en las respuestas que estos le hubieran dado. Estas acciones, vulgares y banales según clasifica la mente del Tipo, las efectuaba del modo que narramos, de forma automática.

Lo que más preocupaba al Tipo, evidentemente, era lo de Ella. Desde que había decidido ser un Bañista, el Tipo le había enviado dos o tres mensajes a Ella, buscando verla un día –si bien el Tipo siempre ofrecía una cita en un día lejano, para que así pudiese tener tiempo él de prepararse para la expedición y de maquinar cómo contarle a Ella lo referente a su vida como Bañista-existencialista sin que esta pensase que estaba del todo loco– y, a pesar de que el primero de los mensajes había recibido una frágil respuesta, Ella no había vuelto a escribir al Tipo.

El Tipo no era capaz de comprender que, un par de semanas después de la mañana en la que se despertó junto a Ella y esta le dijo «me lo he pasado genial contigo, y estoy deseando volver a verte», Ella no le contestara. No entendía que las palabras anteriores no significaran efectivamente que Ella se lo había pasado genial con él y que estaba deseando, en realidad, volver a verle. Y es que el Tipo, como buen literato, daba una importancia colosal a las palabras, a las dichas y a las escritas. Y de estas últimas también tenía unas pocas caligrafiadas por Ella, quien en aquella mañana le dejó una breve y emotiva nota en un papel junto al extraño dibujo de un pez, nota que el Tipo había dejado en el salón porque creía poder entristecerse si la llegaba a leer.

Pero no iba a insistir mucho más el Tipo, las reglas del Club de los Bañistas-existencialistas, que aún no había redactado, seguro que contraindicaban cualquier acción en este sentido que no fuera precisamente la inacción, la negación, la espera, el olvido. Aun así, le apenaría enormemente no poder volver a verla, aunque fuera para despedirse de Ella y poder confesar que iba a ser un Bañista.

Claro que el Tipo aún, fruto del optimismo típico del Bañista, maquinaba situaciones en las que volvía a verla a Ella, le hablaba de su nueva vida como Bañista-existencialista, Ella decidía ir con él a vivir a la Bañera e, incluso, acababan por tener un hijo ahí, el primer Bañista-existencialista auténtico, nacido y sobre todo criado en la Bañera.

El Tipo llama a Sámuel pensando en narrarle un final para su historia, un desenlace realista en el que Ella, a pesar de ver al Tipo y de besarle por última vez, le aclara que no puede irse a vivir con él a la Bañera; pero el Tipo se arrepiente al poco solo de pensar en dicho fin para su obra y permite a

Sámuel que se retire al poco de llegar no sin antes agradecerle todo el trabajo que ha ido realizando durante estas jornadas.

Temía el Tipo, por lo tanto, aquel poder de las palabras al que hacía referencia la escritora Carson McCullers cuando escribió aquello de «Todo lo que he escrito me ha sucedido o me sucederá». «O me sucederá», repite el Tipo, temiendo el valor profético de las palabras que un ingenuo cree estar solo inventando. El reflejo estilizado ya se ha ido y, en unas horas, llegará la noche, una oscuridad que el Tipo, en verdad, no podrá distinguir desde la Bañera de las tardes de los días nublados, ya que la principal fuente lumínica ha sido y será el tubo fluorescente del techo.

Pero ¿qué suele hacer el Tipo durante la noche? ¿Es el Bañista un animal diurno o nocturno? Sí es cierto que el Tipo dormita algo más durante la noche que durante el día, pero tal vez esto solo se deba a los residuos que han quedado de los hábitos que mantenía en su vida anterior, la de no-Bañista. En los días de sol, como el de hoy, el Tipo dormirá ligeramente justo antes de que llegue el anochecer y luego, a los pocos minutos, con el telón oscuro de la noche ocultando la ciudad, el Tipo se desvelará, percibirá esa diferencia de iluminación que en la mayoría de los días –esos días nublados– casi no podría notar y buscará acompañar la negrura de la calle con la penumbra del baño, así que alargará una mano para apretar el interruptor de la luz y que el fluorescente se apague.

El Tipo seguirá despierto entre las sombras del baño, pero toda su actividad mental se irá atenuando. El tiempo, sin embargo, con el Tipo en una especie de trance y extremadamente relajado, transcurrirá para él mucho más rápido y, sin haberse vuelto a dormir, saldrá del trance ya de madrugada, con una consciencia absoluta, momento en el que afloran los típicos sonidos de la noche, que se imponen a los gritos de los trasnochados, a algunas peleas de gatos callejeros, a las palabras y los coitos vecinales; aparece imponiéndose entonces el zumbido continuo del frigorífico, el sonido imparable de las manecillas del reloj, algunos crujidos de la vieja madera de la casa. Y el Tipo que, para acallarlos o acaso para espantarlos a gritos, vuelve a encender la luz del fluorescente, que provoca un ruido cíclico que se une a los otros, el sonido del despertar, de una nueva jornada como Bañista.

Tanto pensamiento relajante termina por ofrecerle al Tipo dos obsequios: una nueva erección y algo de hambre. Y esto último es algo bastante insólito desde que el Tipo es Bañista, ya que la dieta de este, al margen de los litros de agua ingerida, ha sido muy escasa, poblada de alguna pieza de fruta extraída del frigorífico, unos pocos yogures, algo de fiambre y unos pocos sándwiches.

El Tipo piensa en esto precisamente, en prepararse un nuevo sándwich, pero se le antoja relleno insuficiente para su estómago en esta ocasión y se le ocurre que podría llamar por teléfono a la pizzería del barrio para regalarse un buen festín. Antes de hacerlo, el Tipo descorre la cortina, recordando que a pesar de que hace ya días o semanas que él no se atiene a horarios ni a hábitos, todos los no-bañistas sí están sujetos y esclavizados por el tiempo, por las imposiciones horarias, así que el Tipo vislumbra entre la bruma densa del baño el reloj, cuyos números indican una hora demasiado temprana como para hacer el pedido, o tal vez demasiado tardía, por lo que este tendrá que buscar algún otro entretenimiento hasta que llegue el momento de llamar.

Mientras enciende la luz, piensa el Tipo en dedicarse a la masturbación durante algunas horas justo en el instante en que, mirando al techo, localiza a una pequeña araña que no cesa en su movimiento de uno a otro lado.

El Tipo, cuyo miedo atroz a los arácnidos habría provocado que en alguna época de su vida de no-Bañista, como en la infancia, hubiera soltado un aullido similar al que expulsó cuando el gato precipitó la torre de libros sobre el suelo del baño, y que en otras épocas, como en realidad la última etapa del Tipo como no-Bañista, habría reaccionado ante la araña matándola inmediatamente, decide ahora visualizarla como elemento lúdico.

Caracterizado por la parquedad que ya se propugna desde las reglas del Club de los Bañistas-existencialistas, que aún no han sido redactadas por el Tipo, el juego consiste en que el Tipo cierre los ojos durante un lapso breve de tiempo y, al abrirlos, cuente los segundos que le lleva volver a localizar a una araña que, para aumentar el divertimento del Tipo, nunca para de moverse y está como espídica yendo de una esquina a otra, pasando por aquella mancha de humedad con forma de balón de voleibol y, en fin, recorriendo casi todo el espacio de techo que el Tipo puede observar desde la Bañera.

El Tipo cierra los ojos y se relaja; al cabo, los vuelve a abrir y comienza el conteo de segundos mientras su mirada se desplaza velozmente por la superficie y logra localizar a la diminuta araña, discernirla de pequeños poros de humedad del techo y de sus propias moscas volantes; en dicho instante, anota el resultado en un registro mental y lo coloca dentro del *ranking*. ¿Puede haber mayor sencillez en un juego?

Que no se piense, sin embargo, que el Tipo siempre localiza a la araña en dos o tres segundos, ya que esta es enana y, además, se desplaza a una velocidad exagerada por el techo: pudiendo estar en un cerrar de ojos en la esquina proximal derecha y, en el posterior abrir de ojos, surgir en la esquina distal izquierda o, por el contrario, pudiendo aparecer en un lugar muy cercano a aquel en el que permanecía justo antes del cierre de ojos, pero camuflada por la negrura de las esquinas del techo, donde estas se unen a los azulejos.

Se pasa horas el Tipo así, con un juego en el que va incluyendo variantes como la sencilla de permanecer más tiempo con los ojos cerrados para dar mayor ventaja a la araña, o la variante de tratar de adivinar, mientras permanece con los ojos cerrados, el lugar aproximado en el que surgirá el arácnido, o la de abrir el grifo del agua a la máxima potencia para salpicar una zona del techo –alimentando de este modo el Tipo las humedades que ya habitaban dicho techo– y así delimitar más el área de recorrido de la araña. Y el Tipo que abre los ojos y tarda varios segundos en detectar dónde se encuentra la araña y que de pronto esta, en el segundo 52, y seguramente huyendo al no quedarle muchas zonas secas para transitar el techo, aparece a pocos centímetros del Tipo, pendiendo de un hilo de tela que oscila a uno y otro lado, ondulado ya por la respiración automática del Tipo. Este reacciona asustándose de la microscópica araña y lanzando un manotazo instintivo, de gato doméstico, hacia una araña que sale disparada fuera de la Bañera unida al último cabo de tela, hacia el piso del baño.

El Tipo, que ya es hora, llama a la pizzería del barrio desde el teléfono inalámbrico, y mantiene una agradable conversación de veintidós segundos –según la cuenta de la pantalla del teléfono– con aquel que le ha tomado nota del pedido. Se congratula el Tipo de que la voz del otro lado del teléfono le haya saludado, le haya dado las gracias y, por último, se haya despedido de él.

El Tipo, ya animoso debido al entretenimiento con la araña y a la cordial conversación con el pizzero, se decide a llamarla a Ella, ya que considera que su estado actual puede propiciar una mejor disposición de Ella a querer verse con el Tipo. De no cogerlo Ella, no insistirá más el Tipo, proseguirá con la vida en la Bañera y ya encontrará en algunas de las reuniones de los Bañistas-existencialistas a alguna mujer que capte su atención… o tal vez no, que tampoco iba a requerir el Tipo permanecer junto a alguien para percibirse del todo realizado y completo.

Antes de llamarla, inicia un proceso de regeneración del agua, creyendo que así, en un entorno más limpio y cálido, podrá expresarse aún mejor. También bebe agua de la alcachofa de la ducha y hasta se enjuaga con ella, para clarear la voz, aunque luego se arrepiente algo, ya que una voz ronca podía haber resultado más seductora. Además, estira la mano para volver a apagar la luz fluorescente del techo, porque hay iluminación suficiente desde el ventanuco y un ambiente algo más tenue y natural le predispone más a la plática.

Ella no tiene grabado en su agenda el número del fijo del Tipo, por lo que este llega a considerar el enviar un nuevo mensaje con el único objeto de que sepa que la llamada la va a efectuar él. Pero el Tipo es capaz de ver que eso no sería lo más adecuado desde la posición de alguien no-Bañista, y hasta él es capaz de valorar que todos estos preparativos previos a la llamada no indican otra cosa que la enorme ansiedad que esta le produce al Tipo.

El Tipo marca el número de memoria, tal y como ya había hecho con el de la pizzería, debido a una habilidad para recordar series de números que le venía desde su época no-Bañista. Suena un tono, dos tonos, tres, cuatro, comienza a sonar el quinto y la voz de Ella responde en inglés.

Por su parte, el Tipo, alejando algo el teléfono de su pecho, por un ilógico miedo a que se oyera a través de la llamada el retumbar del corazón que el Tipo escuchaba enormemente, aclara quién es y comienza a disculparse por si a Ella la hubiera llamado en un momento en que esta estuviese ocupada.

—No estaba haciendo nada, tranquilo. Dime, ¿qué querías? Perdona por tardar tanto, pero ya te contesté al último mensaje, ¿lo has visto? –dice Ella, que, de todas las de Michigan que había conocido el Tipo, según este, era la que mejor construía las frases en castellano, aunque aún presentaba un notorio acento.

Y al Tipo que le toma por sorpresa esto que escucha, pero claro que Ella le puede haber contestado tras haber usado el Tipo por última vez el teléfono, ya que este había permanecido en todo momento silenciado. Y el Tipo no va a contar de momento nada de su vida en la Bañera, así que se inventa una excusa relacionada con que ha hecho una excursión a la montaña, y que esta ha provocado que apenas mire el móvil. Y ahora piensa el Tipo que él, que al margen de la epifanía del reflejo de luz y del anterior granizo que golpeaba el cristal del ventanuco, no había tenido información meteorológica alguna, no sabía si estos últimos días habrían sido adecuados o no para realizar excursiones y si esto podría hacer sospechar a Ella de que todo era una mentira.

—Ah, vale. Bueno, ¿quieres *encontrar* mañana entonces? –le pregunta Ella, pero el Tipo que sigue opinando que Ella maneja perfectamente el castellano a pesar de ese enredo que ha tenido debido al *to meet* inglés.

Un Tipo que, en realidad, durante los cuatro segundos que tarda Ella en hacer la pregunta y, sobre todo, en los tres segundos de espera que él emplea para articular respuesta, aprisiona el teléfono entre la oreja y el cuello y da palmaditas de foca en el agua, siente una potencia aún mayor en su erección y piensa en masturbarse ahí mismo para comenzar a practicar por si acaso hay sexo futuro con Ella; empieza a pensar dónde tener la cita, qué bares o museos o parques pueden ser adecuados, también qué género de películas de cine le podrían resultar agradables a Ella si es que van al cine y, además, qué tipo de películas podría Ella seguir fácilmente sin tener un perfecto dominio del castellano –y con este pensamiento se desdice algo el Tipo, que hasta entonces defendía en su mente la perfecta corrección del castellano de Ella–, recuerda entonces que, al ser un Bañista desde hace un tiempo, no está actualizado en cuanto a la cartelera del cine; también piensa en la ropa que se quiere poner y en la mayor o menor adecuación de esta al posible tiempo que hará ahora en verano en esta ciudad gris e incluso piensa en la mayor o menor adecuación de su ropa a la ropa de Ella, comienza entonces a reflexionar sobre alternativas de ropa; vislumbra la cita perfecta y a Ella acabando en la Bañera junto a él, y a él que le confiesa que no tiene prisa ninguna, que vaya iniciándose Ella como Bañista-existencialista poco a poco, incluso a media jornada si lo desea, que le regalará el libro de la correspondencia entre Camus y Sartre; y también reflexiona el Tipo sobre los temas de conversación que podría abordar con Ella: diferencias culturales entre Michigan y la ciudad gris, los planes de futuro que Ella tenía si regresaba a Michigan –aunque se hiciese Bañista y acabase viviendo con él, opina el Tipo, también debería poder despedirse de sus familiares y amigos–, los viajes que ha hecho Ella dentro y fuera del continente americano, la manera de conocerla a Ella en aquella noche junto al amigo en cuestión y la posibilidad de hacer una reconstrucción de dicha noche, fingiendo el Tipo que recuerda aún menos de lo que recuerda y queriendo ahondar en aquellos hechos románticos o sexuales de la noche, etcétera etcétera etcétera. Y el Tipo que, tras esos tres segundos llenos de ideas, responde «sí». Y acuerdan un lugar de entre los cuatro que el Tipo sugiere, y están concretando una hora exacta que propone el Tipo justo cuando la llamada se evapora, cuando se pierde la comunicación, cuando tanto Ella como el Tipo continúan hablando y, al otro lado de cada teléfono, solo queda el silencio.

Los dos, a distancia, haciendo lo mismo: apartando sus respectivos teléfonos de sus respectivos pabellones acústicos y mirando los aparatos telefónicos con desconfianza. Ella ve que el segundero de la llamada se frena, que la llamada se corta; el Tipo, por su parte, ve que la pantalla del inalámbrico está vacía, sin ningún digito ni letra ni luz: pantalla muerta.

# 7

Que aún está el Tipo con el teléfono en la mano y pensando qué es lo que ha ocurrido cuando cree que imagina sonrisas, cuando oye risas, escucha carcajadas. Y, durante unos cuantos segundos de mucha angustia, el Tipo está convencido de que una especie de creador o creadora está moviendo su bolígrafo decidiendo el destino del Tipo, que está jugando con él, que el Tipo será solo un pelele, un personaje sin poder de decisión y que ahora, además, el creador se carcajea con maldad desde algún lugar no visible, pero, desde luego, sí audible.

Estas risas extrañas, que reverberan en las paredes del baño del Tipo, comienzan pronto a parecerle a este carcajadas de la portera desde su casa. Y el Tipo que descorre la cortina de la Bañera, que posa el teléfono, que observa su entorno, que estira la mano y que acciona el interruptor… y el fluorescente del techo permanece apagado, tal y como el Tipo lo había dejado para concentrarse más en la llamada.

Y al Tipo no le cuesta imaginarse una secuencia protagonizada por la cruel portera saliendo hasta el contador externo de la luz de los vecinos y desconectando el del Tipo, que está ubicado, precisamente, en el descansillo entre el piso del Tipo y el de la portera. Y el Tipo, pesaroso, decide no hacer ningún ruido, no alimentar ni un ápice el goce de la portera, y que esta, que seguro que permanece oreja avizor, piense que lo de la luz no le ha afectado lo más mínimo a la vida como Bañista, que la portera se desespere desde su casa, que se tienda sobre el piso para pegar el moflete al suelo y, con la oreja haciendo ventosa sobre el parquet, no escuche nada más que el silencio, la nada, la vida del Bañista.

La duda, no obstante, era considerable: ¿habría entendido Ella perfectamente la hora que el Tipo le había propuesto para quedar? ¿Estaría de acuerdo con la misma y podría acudir al bar que sí que habían tenido tiempo a convenir? ¿Consideraría que, al haberse cortado la llamada y no volverla a llamar el Tipo, este carecía de gran interés en la cita? ¿O tal vez Ella terminó escuchando el repetitivo tono que indica que la llamada ha finalizado, llamó al Tipo y comprobó que el teléfono no daba señal, interpretando algo similar a lo que en realidad ha ocurrido? ¿Cuándo se cortó la llamada exactamente? Era el Tipo el que hablaba, por lo tanto él no puede saber si Ella escuchó la hora que proponía o no. Lo cierto es que la portera había acertado a cortar la luz en el momento menos indicado para el Tipo, al menos aparentemente. Y es que el Tipo, tal y como dicta la cuarta o quinta regla del Club de los Bañistas-existencialistas, a pesar de que el Tipo aún no las ha redactado, aprovecha esta contrariedad para tratar de verbalizar los elementos positivos que le reporta precisamente dicha contrariedad: «la no-dependencia absoluta de los aparatos eléctricos –aunque sea por necesidad–, un ambiente más íntimo dentro de la Bañera…» y en mitad de esta enumeración el Tipo se incorpora en la Bañera, haciendo claros ruidos con el agua que moviliza y choca en olas contra las paredes de dicha Bañera. El Tipo alarga el cuerpo fuera de la Bañera y salpica algunas gotas sobre los azulejos hasta que, tras secarse algo las manos y los brazos en la toalla, alcanza el teléfono móvil, última posibilidad de contacto con Ella sin depender del poder de la luz.

La pantalla del teléfono móvil, sin embargo, muestra un negro absoluto y no responde al botón para bloquear/desbloquear; a pesar de que el Tipo no recuerda haberlo apagado, así es como está, y el lógico miedo a que la nueva pero poco duradera batería del mismo se haya extinguido comienza a invadir al Tipo en forma de una taquicardia y una frecuencia respiratoria más elevada de lo habitual. Al pulsar el botón de encendido, efectivamente, la pantalla muestra la animación del logo de la marca del móvil del Tipo, pero también comienza a parpadear la luz LED roja situada en la parte superior del terminal: la batería está muy baja y el teléfono vuelve a apagarse. Maldice el Tipo esta rebelión tecnológica y maldice a la portera. Y la puerta de la casa del Tipo que vuelve a sonar, con alguien clavando los nudillos en ella, de nuevo una llamada enérgica, como la del ruso.

El Tipo termina de salir de la Bañera y, ante la insistencia de la mano que sigue golpeando la puerta, grita indicando que ya va de camino. Los pasos de esta nueva expedición se le antojan al Tipo más mareantes si cabe que los de las anteriores. El cuerpo del Tipo, ya adaptado a la vida del Bañista-existencialista, se está aclimatando cada vez más a la Bañera, a sus medidas, a vivir entre el agua, a vivir en posición horizontal.

Enfundado en el albornoz, el Tipo, contempla a través de la mirilla lo que parece ser un hombre que lleva un gran casco y que sostiene una caja rectangular en la mano. Había olvidado el Tipo la llamada de la *pizza*, hasta había olvidado por completo el hambre que había impulsado la decisión de realizar dicha llamada.

Le invade al Tipo una sensación de recelo, acaso debida a algún trauma oculto respecto a los hombres que llevan casco. Todo lo externo a la Bañera o, al menos, todo lo externo al baño, le produce al Tipo una inseguridad cada vez más creciente, una desconfianza perpetua. Y el hombre del casco que sigue golpeando los nudillos contra la puerta de madera y, de vez en vez, el hombre del casco alterna esta acción con la de apretar el timbre del Tipo, pero el aparato no emite sonido alguno al no haber electricidad, y el Tipo observa todo esto desde la mirilla, tembloroso, pensando que en algún momento tendrá que hacer algo o que tal vez no, que tal vez no haga nada de nada de nada.

El Tipo llega a pensar que, a pesar de su máxima cordura, algunos, como aquel pizzero, le podrían considerar un loco, que este hablaría con sus colegas después de la entrega de aquella caja de cartón, noticiando que había estado en la casa del Bañista-existencialista. Por otra parte, ¿y si alguien estuviera observando al Tipo constantemente? ¿Por qué había llegado el corte de luz justo en ese momento, en el peor posible, en el que estaba a punto de concretar la cita con Ella? ¿Y si no se podía fiar del ruso el Tipo? ¿Y si este había instalado pequeñas cámaras por toda la casa, especialmente en el baño, mientras el Tipo yacía desmayado? No se podía fiar el Tipo del primero que llegara a esa puerta, le dijera que quería ser Bañista-existencialista y le quisiera oler el dedo, no. Se veía el Tipo como Jim Carrey en *El show de Truman*, desconocedor de una verdad que le afecta a él más que a nadie, observado, espiado, acechado, perseguido tal vez.

Tampoco contribuiría nada al sosiego del Tipo que él se llegase a enterar de que la narración de su historia es llevada a cabo por nosotras, que le contemplamos, aunque sea con una visión nada hostil.

El Tipo va hacia la cartera, percatándose de que no había reparado en eso, en el dinero, y deseando que el carácter despreocupado de Sámuel haya propiciado que este no haya cogido ninguno de los diecisiete euros que calcula tener ahí: así es, Sámuel no se ha llevado ni un céntimo. Y el Tipo que desliza un billete de diez y otro de cinco bajo la puerta, diciendo que no puede abrir, que le deje la caja de *pizza* sobre el suelo, por favor.

El repartidor, aún con el casco puesto, sin tan siquiera izar la visera del mismo para emitir alguna respuesta que le sonase más audible al Tipo, se agacha para recoger el dinero. El Tipo, desde su lado de la puerta, dice que le puede dejar el cambio ahí, sobre la caja de la *pizza*, y que se puede quedar con un euro por las molestias (la *pizza* costaba doce euros). Y el repartidor que suelta la caja de *pizza* dejándola caer sobre el felpudo de la puerta del Tipo. Y luego que se rebusca entre la cartera haciendo sonar unas pocas monedas y llega a extraer de esta los dos euros que debería de dejar de vuelta contando su propina; sin embargo, el Tipo, sin hacer ningún ruido pero aún pegado a la mirilla, contempla cómo el hombre del casco se queda sosteniendo dichos dos euros y, al poco, dice con una voz metálica:

—Lo siento, pero no tenemos cambio. Se lo puedo traer otro día.

Y el Tipo, cada vez más incrédulo con lo que ve y escucha, piensa en un inicio en dejarlo estar, en no enervarse en absoluto, tal y como se puede extraer de la undécima o duodécima regla del Club de los Bañistas-existencialistas, regla que aún no ha sido redactada por el Tipo. Pero al final, cuando el Tipo ya observa que el repartidor, aún con el casco, sin haberse subido en ningún momento la visera y con los dos euros todavía entre los dedos, se da la vuelta para llamar al ascensor, le grita que a él le parecía que aquellos dos euros que sostiene en la mano son precisamente el cambio, y eso ateniéndose al euro extra que el Tipo le quería dar el pizzero.

En ese momento, el hombre del casco, seguramente algo incrédulo –no podemos saberlo, era el hombre sin cara, siempre oculto–, tiró los dos euros sobre la caja de *pizza* y se marchó aceleradamente.

Por un instante, antes y durante la recogida de la *pizza* por parte del Tipo, este se siente satisfecho, sabiendo que ha logrado hacer el mundo de los no-Bañistas, al menos en una situación tan concreta y minúscula como esta, más justo.

Desde el pasillo, ya con la caja de *pizza* en su poder y habiendo devorado dos o tres porciones rápidamente, le regresa al Tipo la obsesión de que lo espían, de que algún ojo está observando todo lo que graban las microcámaras que imagina adheridas a cada agujerito de la pared. Y el Tipo que a ratos se sube el cuello del albornoz y lo estira para taparse la cabeza y, en otras ocasiones mira desafiante a los puntos que él imagina que esconden cámaras y les lanza algún enérgico corte de manga. Incluso llega a desanudarse el albornoz el Tipo, a recogerse la triada de la entrepierna con la mano derecha, a envolver testículos y pene entre sus largos dedos y a ofrecerlos a esas cámaras que imagina, en un gesto desafiante y obsceno que rápidamente avergüenza al propio Tipo, abochornado por lo que pudieran pensar las personas que le estén viendo.

Al llegar al baño, un poco más relajado aun sin descartar que aquí también haya alguna que otra cámara, es consciente el Tipo, tal y como lo somos nosotras, de que tal vez esté sufriendo de paranoia y que ser el primer Bañista-existencialista, a pesar de ser algo extraordinario, también puede conllevar una serie de quebraderos de cabeza. De todos modos, el Tipo se desenfunda del todo el albornoz sin temor a las cámaras que le pueden contemplar y regresa a la Bañera; solo ahí recupera la paz y se olvida de la posible paranoia.

El Tipo, cada vez más en penumbras debido al apagón y al atardecer, tras haber terminado la *pizza* y creer que no volvería a sentir hambre en años, comienza a echar de menos a Sámuel, pero no tiene ahora nada que le quiera contar referente a la novelita o a la película. Desliza la mirada, calma, sobre los azulejos que flanquean la Bañera, luego sobre el techo, la cortina… Piensa en contemplar la lámina de agua esperando que surja alguien, su rostro móvil, ondulante, una cara a la que hablarle.

Descorrida de un golpe suave, la cortina de poliéster se aparta para mostrar al Tipo el aún brumoso baño, los azulejos tocados con una pátina de vapor, los libros ordenados en pilas según la falta de criterio pero la posiblemente buena voluntad del ruso, el frigorífico, la sandwichera, el hervidor de agua que aún no ha usado y, finalmente, aquel espejo velado y oscuro en el que el Tipo busca un rostro y un cuerpo: su rostro y su cuerpo.

Se contempla el Tipo ahí, inclinado sobre el bordillo de loza de la Bañera. Al principio juega a buscar las diferencias que mantiene con ese hombre más oscuro que le observa. Se va fijando en todos los detalles: un brazo que parece demasiado flaco debido a una convexidad del espejo en ese punto, una zona de la cara que se ve con mayor color debido a un pequeñísimo haz de luz que viene desde el ventanuco y que cae justo ahí, etcétera.

El Tipo dormita, le sosiega la compañía del reflejo hasta que, cuando lleva unos minutos así, inmóvil, observando al otro Tipo que le contempla desde la otra Bañera, cree que, efectivamente, el Tipo del reflejo no es él, que es otro. Cree que un movimiento del propio Tipo prorrumpirá tal vez en un diferente movimiento del otro Tipo, una reacción no exactamente igual. Cree que el otro Tipo podría ser quien lanzase ese primer movimiento, con el Tipo original, tal vez, siendo el que ejecutase un movimiento reflejo pero erróneo, no exacto.

Contempla la hora luego, alejando la vista del espejo: aún resta la noche y parte del día siguiente para la cita con Ella, para la supuesta cita con Ella. Duda el Tipo de la hora y los minutos que había mencionado en la conversación con Ella; así, al margen de la duda sobre si Ella recepcionó o no el mensaje, ¿habría pronunciado el Tipo tal hora, tal sitio? Cada poco le surgen al Tipo estas preguntas y cada poco tiene que surgir una voz desde dentro del Tipo, más grave que la habitual, que se dirige a sí mismo en segunda persona: «Sí, fue esa la hora que dijiste y también fue ese el lugar que acordasteis ambos, sí».

Tal vez sean estas las únicas taras que puedan sufrir los Bañistas-existencialistas, las provocadas por la soledad, taras que no existirían si no se procediera de la vida del no-Bañista, por eso puede ser importante que nazcan nuevos Bañistas-existencialistas, acaso el primero sea aquel futuro hijo del Tipo y de Ella.

Evidentemente, en la Bañera no son demasiado necesarios los hábitos sociales. Y el Tipo, que lo que deseaba era estar solo solo solo solo, a pesar de ello, tuvo que recibir en estos días o semanas en su casa a la portera, a los dos policías y al ruso –y aquel repartidor con el casco se quedó fuera únicamente por la paranoia del Tipo–, y departió bastante con Sámuel, empeñándose al trabajo de dictar, por lo que no estuvo tan al margen de la sociedad si se piensa, pero hay algo en el Tipo, puede que esa vis de no-Bañista que aún debe poseer, que anhela lo social, la charla, el ver caras…: algo que pretende paliar el Tipo a partir de la cita con Ella.

Esto es un tema a resolver, el de la soledad y las necesidades sociales reminiscentes y residuales de la pretérita vida como no-Bañista, algo que tendrá que tratar en el gabinete de los Bañistas-existencialistas en cuanto este se constituya. Por mucho que en la Bañera no sean necesarias las relaciones sociales, siempre tendrá que atenderse a aquel Bañista-existencialista con tales necesidades, que se sienta a gusto, que no desee volver a la vida del no-Bañista únicamente por el aislamiento. Organizar esas reuniones en balnearios o la vida en pareja en la Bañera pueden ser soluciones, pero deben pensarse más alternativas.

«¿De dónde vas a sacar el dinero?», le cuestiona esa voz grave pero propia al Tipo. Y él que rememora haber leído una entrevista a Johnny Depp en la que él afirmaba querer hacer un *remake* de la película *Titanic* en una Bañera. Y al Tipo se le ocurre que tal vez se podría contactar al actor americano para que sufragase alguno de los primeros gastos del Club de los Bañistas-existencialistas.

La imagen de Depp en una Bañera, hoy en día, no era tan atrayente para el Tipo como la de Camus o Sartre o Beauvoir en sus respectivas Bañeras –estos dos últimos compartiéndola: eso debería de haberlo añadido el Tipo en la traducción del librito, y habría ayudado a no ver los hábitos Bañistas-existencialistas tan aislados del otro, de la sociedad; pero lo piensa tarde el Tipo, lo pensamos tarde incluso nosotras–, aunque la popularidad de estos famosos puede cambiar de un momento a otro, por lo que tal vez sea precisamente este el instante de abordar a Depp y, una vez sea un Bañista-existencialista, aunque lo sea a media jornada, tratar de limpiar su imagen para que vuelva a ser alguien muy admirado y reputado. Sin duda, el hecho de haber tenido esa ocurrencia del *remake* en la Bañera, ya le puede acercar al mundo de los Bañistas-existencialistas.

El Tipo continúa ahora, por tanto, tal y como ha hecho durante la mayor parte del tiempo en la bañera, viviendo en el mañana y pensando en el ayer. Todo son ideas del Tipo, todo son recuerdos. No hay mucho presente porque desde la vida en la Bañera todo se atenúa. Resulta inevitable que el Tipo se enclaustre en la ilusión de la cita con Ella y que en parte llegue hasta lo obsesivo este pensamiento.

¿Cuánto hacía que el Tipo no tenía una cita? Sí, había estado con Ella ya, pero ese encuentro había sido eso: un encuentro, un tropiezo afortunado. Al Tipo, todo lo referente a la vida como no-Bañista, alejado del presente por algunos días o semanas, se le hacía aún más lejano. El tiempo se dilataba y el Tipo observaba su último día fuera de la Bañera como si se tratase de una jornada perteneciente a muchos años atrás, a otra vida.

La última cita del Tipo con una chica ni siquiera había sido una cita. El Tipo había quedado con una de sus amigas para que esta le hiciera un favor literario. Todo fue debido a un premio de relatos.

El Tipo solía ser, en su vida de no-Bañista, un ávido buscador de concursos literarios en los que volcar sus trastornados y trasnochados relatos. El Tipo rastreaba la web e iba encontrando certámenes, se fijaba en la cuantía del premio –si es que la había– y en las condiciones del mismo: el tamaño de letra, la fuente, el interlineado, el número máximo de páginas, ¿hay un número mínimo?, lo que debía de contener la plica, la forma de envío, si se podía escribir con libertad o si había un tema para el concurso, si estaba este patrocinado por una entidad privada o por un ayuntamiento, quiénes lo habían ganado en ocasiones anteriores, cuándo se le entregaría al Tipo el hipotético premio, cuándo se le avisaría al Tipo de que se le iba a entregar el hipotético premio, etcétera, etcétera.

A partir de esta información, el Tipo, algo organizado para estos menesteres pero caótico para todo lo demás, elaboraba una lista ordenada según criterios objetivos como la fecha límite de entrega o subjetivos como lo ilusionante que sería ganar el concurso.

El caos llegaba luego, ya que el Tipo jamás había logrado enviar un cuento a concurso antes del último día de plazo. Y es que el Tipo siempre organizaba el tiempo que restaba para dicha fecha con un desorden absoluto, perdiendo las horas en estupideces hasta que, con fortuna, la noche antes del envío se empeñaba a la tarea de corregir el texto que quería mandar y a preparar la plica para el concurso; después, el Tipo comenzaría desde su desordenada habitación a imprimir los papeles y lo normal sería que, a mitad de faena, se le acabara la tinta de la impresora.

Entonces, el Tipo tendría que salir al día siguiente a una copistería para terminar dicha labor y meter las copias del relato en un sobre grande, junto a la plica, y acudir a Correos para realizar el envío. Lo peor era cuando el Tipo no se ponía a revisar los relatos la noche antes del envío, sino el mismo día, la misma tarde tal vez, y el Tipo corriendo luego a la copistería, entrando a esta diez minutos antes del cierre, y luego de nuevo corriendo, con el sobre arrugado en la mano y los clips labiados revolviendo y resonando en el bolsillo, hasta entrar a la oficina de Correos justo a tiempo para mandar el relato. En realidad, tampoco es que los envíos a través de internet resultaran mucho menos caóticos, ya que el Tipo también aguardaba hasta el final para enviarlos. Así fue como envió el relato a aquel último concurso en el que resultó ganador, en el último día de plazo; un concurso en el que, atendiendo a las bases, el Tipo no podría participar, ya que estaba reservado únicamente a mujeres. El certamen llevaba el nombre de alguna mujer que había tenido que luchar enormemente en su día por que se reconociese su obra, para que esta no se viese quebrantada por firmas masculinas que se querían apropiar de la misma, mujeres que se enfrentaron al mundo y a los hombres que se querían aprovechar de ellas, como Frida Kahlo, Camille Claudel o las hermanas Brontë. Y el Tipo que se imaginaba a la mujer que daba nombre al premio, y en realidad a muchas más que habían tenido que esforzarse sobremanera para que su obra resonase como merecía y no fuera discriminada, removiéndose en sus respectivas tumbas al comprobar que empleaban su apellido para bautizar un concurso discriminatorio, que excluía de su participación a cualquier persona que poseyera la condición de ser de un sexo concreto, hombre en este caso. Resultó esto, y no la cuantía del premio, que era exigua, el motivo principal para que el Tipo colocase este concurso entre los primeros de la lista y se decidiese a pedirle permiso a una amiga para emplear sus datos personales, fingiendo que era ella y no el Tipo quien enviaba dicho relato en el último día y a última hora del plazo.

La amiga del Tipo fue avisada unos meses más tarde de que había resultado ganadora, y el Tipo acudió a la gala de entrega como el acompañante de esta, contemplando con cierto regocijo raro cómo la chica se levantaba para recoger el premio: una chica que era muy inteligente, pero que ni había escrito en su vida ni debía de haber leído más de dos libros en los últimos cinco años. La cuantía del premio se la gastaron el Tipo y la amiga en una cena y algún chupito.

De pronto, escuchamos que el Tipo grita que no es ningún Meursault, que no es un personaje de Javier Tomeo ni es Bartleby el escribiente ni es el Oblómov de Goncharov ni es un protagonista de las novelas de Toussaint, y que no se va a dedicar en la Bañera a contar si frente a su cara se juntan veintidós, veintitrés y veinticuatro azulejos rectangulares o si la botella del champú es de 300 mililitros o a detallar el patrón del estampado de la cortina que corre y descorre cada poco.

El Tipo alcanza casi el llanto asegurando que su labor es otra, que su obsesión no es la nada, sino que es la nada la que le ha postrado aquí. Que en la nada viven muchos no-Bañistas: los que aceptan trabajos miserables de los cuales se quejan cada día sin que hagan algo para remediarlo, los que se ensimisman y se agachan para destrozarse la vista y el cerebro alienándose con sus pantallas, los que ni siquiera miran a los ojos de todos los pobres que les piden dinero cada día en la calle por pensar que así no existen; en definitiva, todos los que se colocan a veinte uñas esperando que el *establishment* use bastante vaselina para hacerlo todo más llevadero.

Si iba a ser él quien guiase a los Bañistas-existencialistas, ¿habría alguien encargado de guiarlo a él? El Tipo, desesperado, con angustia, busca con la mirada cualquier punto en el techo o en las paredes azulejadas o en el agua de la Bañera o incluso en el reverso de la cortina, un punto que se expanda, del que surja una mano salvadora que le guíe.

Dejando apartado el orgullo que el Tipo siente por haber podido llevar a cabo esta vida en la Bañera durante unos días o semanas, él opina que aún falta algo, que no está completo, que ni siquiera *es* completo, que todo es en parte falso, que permanece en alguna especie de espacio esperando: los inicios del Bañista-existencialista como un mero proceso para poder ayudar a otros que se unirán, para poder guiarlos. Esta es la misión del Tipo.

En otras ocasiones, de esos agujeros que el Tipo busca de modo empecinado, este soñaba que iba surgiendo la figura del Ángel suicidador, un personaje creado por él mismo y que aparecía en uno de sus intentos de novela. Este ángel no era un ángel, sino un hombre extremadamente alto, de más de dos metros de longitud y de tez oscura, vestido de blanco resplandeciente, eso sí, y ataviado con un sombrero de vaquero también blanco. En la novela, el ángel surgía entre la bruma de la noche, pareciendo que se iba componiendo poco a poco a partir de los corpúsculos de los hogares de aquellos que se sentían enormemente desdichados, de aquellos que pensaban en acabar con su vida esa noche. Ese polvo flotante que rodeaba las camas de los suicidas, esas partículas oscuras componían una figura blanca y elegante. El ángel solo facilitaba la tarea, aparecía y, sin emitir sonido alguno, extendía un revólver plateado hacia la cabeza de aquel que silentemente lo había invocado, esperando que este le diese la orden, que le dijese sí o que simplemente afirmase con la cabeza.

En parte hubiera necesitado un ángel como este el Tipo, pero no para exterminarle a él, sino para acabar con sus obras, con los borradores que guardaba en cajones, con las notas fijadas mediante chinchetas en el corcho de su habitación, incluso con las ideas para novelas que reservaba dentro de la mente. Le habría ahorrado un valioso tiempo al Tipo en su vida de no-Bañista, un tiempo que podría haber dedicado a encontrar un oficio más valioso, más productivo, más realista para con sus posibilidades.

Que el Tipo era creatividad pura estaba claro, pero la creatividad no bastaba. Y ya no iba a sacralizar el Tipo, ya no iba a venerar la literatura ni los libros ni las películas ni siquiera la escritura como redención. Si la novelita de la Bañera que Sámuel ha copiado resultaba ser una obra menor, la guardaría bajo la alfombrilla del baño, esperando que algún día, a base de tanta pisada, acabase por hundirse en el suelo y quedar en nada, en palabras huecas, en polvo acumulado en las oscuras juntas de las baldosas. Un legado comido por el moho, por la humedad, para que alguna generación futura lo encontrase como un resto arqueológico y lo venerase. Puede que al Tipo no le entiendan ahora, que no le entendiéramos en un inicio. El Tipo debería de haber existido en otro tiempo.

El Tipo había encontrado, aunque le hubiese costado muchos años, lo que realmente importaba, el amor que siente por Ella, el sentido de una vida en la que no existe la necesidad de hacer lo que no se desea, la vida del Bañista. Y era eso por lo que debía de luchar en primera instancia. Claro que se sentiría mejor si el mensaje de los Bañistas-existencialistas se propagaba, pero también se sentiría conforme si esto no sucedía así, si los únicos Bañistas-existencialistas eran Camus, Sartre, Beauvoir, el ruso y él o, incluso, si el único habitante de una Bañera acababa por ser él.

Sabemos que el Tipo prefería la negrura de la pantalla del móvil apagado a la indiferencia de los contactos de la agenda o a una sujeción a la tecnología que nunca lo caracterizó en verdad. ¿Dónde estaban ahora esos amigos que le escribían al Tipo cada septiembre, cada octubre o incluso cada agosto? Tal vez esperando a que llegase uno de esos meses, aguardando el nuevo ciclo del sopor, del cansancio, de las bajas energías: el centrifugado en el que se encontraban inmersos la gran mayoría de los que no eran Bañistas-existencialistas. El Tipo había bautizado a este grupo de amigos como los funcionarios, aunque solo algunos poseían esta categoría en realidad; otros eran interinos o simplemente tenían un trabajo estable. Eran de la edad del Tipo o algo mayores y, en secreto, seguro que alguna vez se habían compadecido de él, pero no demasiado, ya que el egoísmo, el egolatrismo y el egocentrismo no les permitía preocuparse de demasiadas cosas que no fueran ellos mismos o, en su defecto, alguno de los objetos que poseían. Casas, coches, viajes, novias, ropa nueva, novios, unos zapatos, un teléfono inteligente, un perro, una televisión inteligente, ¿un altavoz inteligente?, etcétera, etcétera: los animales como objetos, las personas como objetos, los objetos como más objetos, como complementos de ellos mismos.

No obstante, solía ocurrir que, al regresar de las vacaciones, o en ocasiones incluso durante el decurso de estas, a uno de estos amigos se le ocurría llamar al Tipo. Para pedirle consejo al Tipo. Sí, al Tipo. Al Tipo. Y el Tipo, ya lo podíamos vaticinar, a pesar de todo contestaba. Pero no se le ocurría al Tipo contarle demasiado a este amigo o amiga, más bien escuchaba el Tipo. Escuchaba que desde el otro lado del teléfono le comunicaban que envidiaban su libertad, su no dependencia, que cómo lo hacía, que si seguía escribiendo o que si ya tenía un trabajo.

Y daba igual que la voz fuera masculina, femenina o neutra, que estuviera ronca o que le saliera un gallo, que fuese aguda o fuese grave, que hablase rápido, despacio o a un ritmo normal; llamara la voz que llamara, todas las voces eran una sola voz para el Tipo. Una voz que le solía llamar, indefectiblemente, una o dos veces al año, dependiendo de las ansias de libertad del sujeto, del estrés laboral al que estuviera subyugado, de haber visto o no la noche anterior alguna película del subgénero inspirador.

Manumisos por unos minutos, los propietarios de la voz atendían con todos los sentidos al Tipo, a los consejos de este: la realidad de que la vida del libre deviene a veces en libertinaje, en descontrol y que la rutina era necesaria para ellos, tal vez. Que era duro aquello de no tener un buen sueldo, argumentaba el Tipo, aquello de no tener un sueldo fijo, de depender de la escritura o de cualquier otra pasión. Que había días en los que merecía la pena, a él le merecía la pena, como lector o como escritor, o incluso como imaginador, como ideador, fabulando planes, proyectos, ensoñando, pero que esto tal vez solo valía para personas como el Tipo. Que la mayoría de la gente no podía hacer eso y menos sin tener cierto éxito en dicha pasión. Que él, el mismo Tipo, a veces envidiaba no tener una estabilidad, y poder construir desde esta, aunque fuese con menos tiempo, el resto de sus pasiones.

Casi sobraría añadir lo que ocurría después: los propietarios de la voz quedaban satisfechos, pero volvían a su trabajo. El Tipo se sentía utilizado, recordado solo como bote salvavidas, acaso recordado únicamente como ejemplo a no seguir, como luz del faro de la que alejarse, como sirena que se debe escuchar cada vez más lejos, más lejos, más lejos, con un menor nivel de decibelios, hasta que vuelva a redondearse el ciclo, hasta que los amigos de la voz retornen a su hastío.

Un año podía pasar hasta las siguientes llamadas de la voz. Hijos, coches, bodas, ascensos, hipotecas, viajes, vacaciones y, cuando se incrustaran de vacío, a llamar.

La estrategia del Tipo publicando un mensaje para fingir que estaba de vacaciones y así no ser interferido por mensajes vacuos de amigos o de conocidos había sido simple. Por simple que era, había sido hasta innecesaria. Pocos, al margen de los padres, se iban a preocupar por el Tipo si este no contestaba a sus mensajes. Estaría ocupado, pensaría un amigo; estaría escribiendo, creería el otro; estaría preparando un proyecto, opinaría un tercero; o estaría con lo de la tesis doctoral o estaría enfrascado en una nueva relación de índole romántico-caótico o estaría planeando un suicidio… Daba igual en realidad.

Dejando de lado la estrategia y respecto al suicidio, si había algo que le había angustiado al Tipo al entrar a vivir en esta vieja casa, siendo un no-Bañista, claro, era tender la ropa hacia el exterior. En esta casa, desde la ventana de la cocina, el Tipo podía acceder a un oxidado y viejo tendedero de pared que, por suerte, no había empleado en demasiadas ocasiones debido a las frecuentes lluvias de la ciudad gris.

La angustia le llegaba al Tipo al comprobar que el extremo inferior del marco de la ventana de la cocina apenas le llegaba a este a la altura de la pelvis; además, las barras del tendedero estaban muy alejadas, lo que obligaba al Tipo a tener que flexionarse en exceso para poder alcanzarlas. Medio cuerpo del Tipo en el vacío, en el aire que separaba su ventana de la caída hacia el suelo frío del patio.

En su mente algo intoxicada, su mente de no-Bañista, el Tipo había podido visualizar cómo se doblaba para llegar a la última barra del tendedero, se colocaba de puntillas incluso, se trastabillaba y, obvio, terminaba por caerse de cabeza al mismo patio por el que se había caído el gato –ambas ventanas (baño y cocina) daban al patio de luces–. El Tipo había visto entonces la noticia del suicidio propagarse, ya que el Tipo, con fama de melancólico, con ese esplín que sentía, con tanto pesar, hastiado de la vida, podía haber entrado dentro de la categoría de los no-Bañistas con conductas suicidas.

Casi insostenible era la situación respecto a los padres del Tipo, que debían estar ya pensando en pasarse por la casa del Tipo para sorprenderse con la vida de Bañista-existencialista que este había adoptado. Muchos mensajes, llamadas ignoradas por el Tipo y varios toques de atención de unos padres que, en este periodo vacacional, esperaban que el Tipo regresara a su hogar, a aquel que le acoge con los tentáculos de la calidez y el confort. El Tipo había resuelto en las últimas horas que aprovecharía la siguiente expedición –podía ser también la última– para, además de verla a Ella, poder contactar con unos padres que, hasta ahora solo habían sido mareados por las excusas y los silencios del Tipo desde que habitaba en la Bañera.

Y observamos que, de tanto pensar en estos incómodos trámites, al Tipo se le dibuja en algún surco del cerebro la imagen de la aplicación móvil para los Bañistas-existencialistas: una especie de red social de todos los habitantes de las Bañeras del mundo que sirviera para que buscaran amigos o pareja. Y al momento le surge al Tipo en el mismo surco del cerebro una respuesta que hasta él mismo articula en voz alta: «qué ironía sería». Una contradicción más: el Bañista-existencialista que busca alejarse del mundo y, a la vez, acercarse a alguna persona.

Aturdido por los pensamientos, las respuestas a los pensamientos, las respuestas a las respuestas a los pensamientos, etcétera, etcétera, etcétera, el Tipo hunde la cabeza en el agua de la Bañera, tratando de que todas las inquietudes –la cita con Ella, la comunicación con los padres, cómo iba a resolver el apagón eléctrico o cómo se organizarían los siguientes Bañistas-existencialistas– se queden en la superficie, que se conviertan en vapor adherido a los azulejos, que desaparezcan definitivamente o, al menos, que le dejasen en paz por un tiempo.

Hundiendo la cabeza, el Tipo parece afinar las orejas para poder escuchar los sonidos del agua: ruidos gruesos, bamboleantes, en parte sordos. El Tipo prueba a hablarse bajo el agua y a intentar luego comprender lo que se había dicho, como si ya fueran dos personas el Tipo, dos Bañistas-existencialistas. Posteriormente, pasa a jugar a dar toques a la loza de la Bañera, toques con las ya largas uñas y atender luego al ruido que la gran Bañera desprendía: un sonido casi metálico, atenuado por todas las partículas de agua.

Se observaba el cuerpo el Tipo, un cuerpo que se le antoja más fino y más blanco que cuando era un no-Bañista, un cuerpo que es menos cuerpo. ¿Estaría experimentando el Tipo alguna clase de transformación? Pero no nos referimos a una transformación puramente interna, como aquella propia del post-humano, del proto-hombre que uno llega a ser tras años practicando el Bañismo-existencialismo, sino a una transformación meramente física. ¿Estaría el Tipo convirtiéndose en otro ser? ¿Estaría el Tipo, por el contrario, dejando de ser un ser? ¿Tendería el Tipo a la nada? Todas estas cuestiones que nosotras nos planteábamos, y muchas otras, las compartía el Tipo, en realidad, le invadían a él.

Al emerger, el Tipo busca apoyo en los objetos, en los productos, en las cosas: símbolos todos de que permanecía en el mundo, en la casa, en el baño, en la misma Bañera que empleaba cuando aún no era un Bañista-existencialista. El Tipo descorriendo la cortina, contemplando los libros, el frigorífico, la sandwichera, deteniendo la vista en su propia imagen reflejada en el espejo.

El Tipo corriendo la cortina para posar la vista en el champú, en el gel, en el guante de crín, etcétera, etcétera. La mirada que pasa a analizar la humedad del techo, una mancha redondeada que se había ido abultando desde el primer día del Tipo en la Bañera. Acaso ese abultamiento, esos nuevos granos de humedad que brotaban desde la mancha, esa redondez que cada vez alcanzaba un lugar más lejano al epicentro del círculo, estuviera alimentada por las malas intenciones de la vecina del piso de arriba, por la portera, por Mariana.

Y que para qué le servían al Tipo todas las habilidades aprendidas y aprehendidas en el pasado. De qué le servía a uno saber andar en bicicleta si a la postre iba a ser un Bañista-existencialista; esos eran los pensamientos, las iluminaciones a las que llegaba el Tipo de vez en vez, especialmente en estos días, en estas horas de oscuridad forzada tras el apagón y el casi perpetuo cielo gris de la ciudad gris.

Antes de levantarse para realizar una nueva expedición, el Tipo decide tomar entre las manos el gran bote de gel de ducha y ajustarlo a una altura conveniente, dejándolo flotar sobre el agua unos centímetros por debajo de la boca. El Tipo comienza a dar un discurso grandilocuente y hermoso al bote-micrófono, pero su extremada velocidad al hablar y nuestra inferior capacidad para registrar todo lo que transmite, hace que solo podamos extraer una somera idea de lo que el Tipo quería expresar con esas brillantes palabras. Principalmente, el Tipo recuerda en su discurso un hecho que presenció siendo poco más que un niño: una anciana en el centro de la ciudad con aspecto algo desaliñado que en una tarde de calor insano bajó del autobús y, en cuanto dio cinco pasos en una dirección después de haber dado tres en la opuesta, se desequilibró para luego esparcirse por el suelo como un montón de hojarasca empujada por el viento y acabó medio sentada sobre la acera. Algunas de las personas que paseaban aceleradas cerca de la señora, en primera instancia, aminoraron el paso para quedarse mirando durante unos segundos. Luego, otras personas, muchas personas, giraron la cabeza en direcciones opuestas a la señora y siguieron paseando si cabe más deprisa. Nadie se acercó a la señora y pronto, todos aquellos que habían permanecido moviéndose a una velocidad menor, reanudaron la marcha aceleradamente. No parecía, por tanto, que hubiese un pensamiento diferenciado por cada uno de los caminantes que paseaba cerca de la señora, sino que parecía haber un pensamiento único, una leve preocupación al principio, la curiosidad suficiente como para frenar y, posteriormente, el deseo de ignorar.

El Tipo, que había permanecido observando toda la situación desde el cómodo piso de sus padres, tras la cortina del salón, esperaba ver a alguien que, por fin, se acercase a la señora y le tendiese una mano; pero lo único que observaba, con algo de vergüenza, era a otras personas detrás de las propias cortinas de sus casas contemplando la situación, justo como él, tal vez incluso esperando que por fin alguien de la calle se acercase a la señora y le tendiese una mano.

El Tipo bajó desde la casa de los padres a la calle, lleno de dudas, preguntándose si tal vez lo correcto sí sería hacer lo que hacía la gente: mirar a otro lado y acelerar el paso. Por un momento, seguramente en el ascensor, puede que en las pocas escaleras del portal o tal vez al pasar junto a los buzones, al Tipo se le ocurrió que aquella anciana podría ser su abuela en realidad, que esta venía a hacerles una visita a la casa de los padres a pesar de la demencia que ya la postraba.

Una vez en la calle, con el Tipo a unos metros de la espalda de la señora, este también se frenó, tal y como hicieran muchas de las otras personas que habían visto a la anciana medio sentarse en el suelo. Y fue tal vez con el primer paso decidido del Tipo, un paso rotundo hacia la señora, marcado por la intención de ayudarla, con el que se concatenaron una serie de pasos de otros seres hacia ella con el mismo objetivo: ayudarla. De hecho, el Tipo se vio envuelto por un círculo de decenas de adultos que le impedían a aquel preadolescente que era él entonces, obsesionado con que esa mujer era en realidad su abuela, cerciorarse de si esto era solo una suposición o no. El Tipo no sabe dónde frenar su discurso sobre aquella anciana que, evidentemente, resultó no ser su abuela. Por ello, decide que este discurso solo ha sido un ensayo, una prueba para las futuras actividades que tendrá que emprender como pionero entre los Bañistas-existencialistas.

Los dedos del Tipo se tragan a los dedos del Tipo. Ya no tiene huellas. Ya no es tan humano. Ya es un Bañista. Las puntas de los dedos parecen querer sorber todo el agua de la Bañera. Ellas hacen fuerza hacia dentro, aspiran y se quedan como pasas. El Tipo nota que sus dedos ya no tienen tanta sensibilidad, que no perciben tan bien el tacto de los objetos que le rodean: la cortina de la Bañera, la loza de la Bañera, el grifo de la Bañera… Sus dedos no son *sus* dedos, sino *los* dedos. Cada parte del Tipo disociada, desmembrada, separada, despedazada.

Queriendo huir de estas tribulaciones, muchas veces el Tipo cierra los ojos y percibe una velocidad vertiginosa dentro y se deja arrastrar hasta un lugar seguro, un lugar de paz. Ahí tiene alumbraciones o iluminaciones de las que, sin embargo, decide no tomar nota, no llevarse afuera. Ahí recibe ideas para libros, ideas para aplicar en la sociedad, nuevas y más justas leyes, modos sabios de actuar. Pero, sobre todo, ahí recibe la paz, la calma, el sosiego natural al que aspiraba el Tipo desde hacía muchísimo tiempo.

Ya como no-Bañista realizaba el Tipo ejercicios de meditación y relajación de un modo casi diario; resultaba esta la única forma más o menos exitosa de tener alguna opción de diluir sus pensamientos recurrentes. Ahora, el Tipo definitivamente cree que ha logrado llegar a una realidad harto lejana de la solidez, en el justo medio entre la vigilia y el sueño, entre lo real y lo ficticio, entre los recuerdos y la imaginación. Los pensamientos del Tipo apenas pesan. El Tipo enraizado al agua, colocando las palmas de las manos sobre la base de loza de la bañera, e imaginándose que estas son raíces buscando aferrarse a algo concreto, a algo sustancial, pero conformándose, a la postre, con cohabitar junto al agua de la Bañera.

El Tipo hace un esfuerzo por ver esas dos raíces que son las manos extendiéndose infinitamente, traspasando la Bañera, el piso del baño, el techo de la casa situada bajo el Tipo, etcétera. Las raíces como dos sigilosas serpientes que van avanzando por todos los pisos ubicados bajo el Tipo hasta llegar al portal del edificio, donde prosiguen su camino traspasando el suelo, colándose entre el cemento de la acera, entre las rocas sueltas de después, entre la tierra que hay más abajo…

El Tipo, aún con las partes superiores de las raíces pegadas al piso de la Bañera, pero con los extremos más alejados de estas, esas serpientes, traspasando todas las capas de la Tierra a gran velocidad: corteza terrestre, litosfera, astenosfera, manto, núcleo. Entre el hierro, el azufre y el calor del núcleo, las serpientes llegan a un enorme corazón que la imaginación del Tipo ha depositado ahí, en el centro de la Tierra. Las raíces se adhieren al corazón como si fueran arterias del mismo y el Tipo puede sentir en la Bañera las contracciones de dicho corazón alineándose con las propias. El Tipo latiendo igual que el corazón de la Tierra, y el Tipo sintiéndose, ahora sí, totalmente conectado con la vida, con la naturaleza. Si el Nirvana existe ha de ser algo parecido a esto.

Todo es paz alrededor del Tipo. Nada, ni externo ni interno, parece poder desasosegarle. Está listo para la expedición.

Durante estos tiempos de paz absoluta, de alumbramiento, de iluminación, o puede que no durante esos tiempos de paz absoluta, sino justo después, el Tipo vislumbra dos situaciones, dos hechos diferenciados que podrían dar lugar a una mayor comprensión y unión del resto de la gente para con él. En primer lugar, una mujer conduciendo, algo estresada, como la mayoría de aquellos que circulan por una gran ciudad. Surge pronto un viandante que corre por el paso de peatones regulado a semáforo cuando, en realidad, dicho semáforo indica que debería de quedarse parado, un coche que se le cruza a la mujer saltando una línea continua para cambiar de dirección o para entrar en una calle en la que, en principio, parece que no podría entrar, un par de coches policía y una ambulancia que ponen las sirenas de pronto y que embisten al resto de coches sin tocarlos, apartándolos, dejándolos en un dibujo de piezas derribadas, como si un niño hubiese jugado con bloques de lego haciendo una figura perfecta y, de pronto, se hubiera cansado, hubiese dado un manotazo y las hubiera dejado todas desperdigadas por la alfombra de su habitación, así quedaban los coches, apartados a uno y otro lado para dejar paso a esos coches policiales que quién sabe si necesitarían tanto las sirenas. Y, al cabo, un semáforo en rojo en el que la mujer se calma algo, en el que revisa disimuladamente en el teléfono móvil la dirección de aquel lugar al que se dirige; pero en ese momento también saltan nuevos mensajes en el móvil, mensajes que en principio la inquietan, la apremian a que llegue antes y… verde. Pero la mujer no pisa el embrague, no mueve el joystick hacia la primera marcha de la caja de cambios, no pisa el acelerador conforme va soltando el embrague y ni siquiera piensa en hacer nada de eso en verdad. La mujer quieta, parada, frenada, impasible. El coche quieto, todo lo impasible que pueda estar un coche también.

Empiezan a sonar pitidos, los claxon de varios vehículos, vehículos que forman una línea cada vez más larga tras el vehículo de la mujer, tras la mujer, y esta permanece igual, como su coche, impasible. De repente, varios coches comienzan a adelantar a la mujer, coches de uno en uno pasando por la izquierda de esta que, si ella hubiera tornado la cabeza hacia la ventanilla de ese lado, hubiera visto pasar a conductores con un aspecto muy malhumorado, un aspecto agrio e incluso agrietado, de odio, de asco, conductores que ahora se retrasarían minuto y medio o dos minutos en su destino, fuera este el de llegar al trabajo donde les explotan, el de llegar a la universidad donde les prometen optar a tener un trabajo donde al cabo les exploten, el de llegar a un recinto para hacer ejercicio y así creer que se liberaban de las tensiones de los trabajos donde les explotan o el de otros menesteres como visitar a un amante o a una amante.

Algunos conductores la adelantaban mientras proferían a voces, con la ventanilla bajada, insultos que van desde el «gilipollas» de un hombre con gafitas y corbata de estampado de pingüinos hasta el «hijo de la gran puta» de otro hombre que va con camiseta sin mangas y el brazo apoyado sobre la puerta, hombre que, al ver que la conductora era una mujer, modifica su segundo «hijo de la gran puta» no por un «hija de la gran puta», sino por un simple y obvio en él, «puta».

A ninguno de los conductores y conductoras que han adelantado a la señora del coche quieto, se le ha ocurrido antes de hacerlo que esta –que para ellos no es *esta* en realidad, persona de la que no saben su sexo hasta que la adelantan y que muchos creen que podría ser un hombre a tenor del coche deportivo que lleva y de una pegatina de una marca de ropa surfera que se asocia más a hombres que a mujeres (de manera errónea porque en esta marca se produce la misma ropa para un sexo que para otro, pero que, en realidad, la mujer del coche ni siquiera había pegado allí, sino que había sido un antiguo amigo el que la convenció de que quedaba muy bien, de que era muy original y esta le permitió, no sabía por qué, que fuera él quien la pegase)– estuviera padeciendo un ataque al corazón, un ictus o que tuviera alguna clase de problema médico que le impidiera emprender la marcha. Casi todos los que la rebasan, al hacerlo, van masticando el insulto en la boca, alguno hasta baja la ventanilla derecha para expulsar un escupitajo que, en muchas ocasiones, por pura impericia del conductor, queda dentro del vehículo del escupidor o, incluso, queda pendiendo en hebras de saliva flemática, enganchado a la parte superior de una ventanilla no del todo retirada o sobre el pulsador que sirve para bloquear y desbloquear la puerta. Pero no todos insultan, algunos mastican el insulto y luego se lo callan, más por su propia cobardía perenne que por ver, a la postre, que esa conductora no les mira, no les desafía, no les pretende molestar en verdad, sino que está absorta, en otra realidad, en otra esfera, tal vez en otro universo.

Varios de los conductores, insulten estos o no al adelantar, rebasan a la conductora mientras usan el teléfono móvil, sea para avisar de que se retrasan cinco o diez minutos –cuando en realidad habían permanecido, como mucho, dos minutos parados– o sea porque ya lo estaban usando anteriormente. Algún otro conductor, del estrés que le ha causado la sensación, se ha puesto a fumar, incluso alguno de estos algunos había dejado de fumar pero llevaba un paquete o dos en el coche, por si acaso, y ha recaído –como hubiera recaído en cualquier otra estúpida situación de supuesto estrés–, otros conductores pasan comiendo el bocadillo que tenían envuelto en albal, bocadillo pensado para el mediodía, para el descanso del trabajo, pero que ahora, tras este atasco, comienzan a dudar si podrán tener tiempo para comerlo o no, y entonces lo ingieren forzadamente, aunque no tengan hambre.

Y la mujer del coche frenado no tiene ningún ictus ni ningún ataque ni nada de nada de nada, se considera más cuerda que antes, se sabe más cuerda, seguramente, que en cualquier otro momento de su vida adulta. Y todos los sonidos de claxon, todas las bocinas de diferentes agudos o graves que sonaban al final como una sola bocina, como una alarma, como un sonar, como el timbre de un colegio o de un matadero la han dejado impasible, incluso más impasible. Aunque, a veces, si hubiera salido de su obnubilación, de su universo, del acogimiento pegajoso de la telaraña que se ha ido tejiendo, le hubiera gustado girarse hacia alguno de esos conductores –en su mayoría hombres, pero también varias mujeres– que la rebasaban mientras la insultaban, mientras escupían hacia ella o mientras le enseñaban el dedo corazón, para así poder disculparse la mujer del coche.

Y al poco, la situación se normaliza, y con normalizar queremos expresar que los coches de detrás ya van dejando de hacer sonar sus bocinas porque se acostumbran a sortear al coche de la mujer y a unos cuantos más que hay detrás de esta, porque no les pilla de súbito la situación, porque ya cuando llegan a esa calle observan que algo anómalo hay, algo distinto en realidad está ocurriendo en esa calle, en ese cruce, en ese semáforo: un carril repleto de coches parados, frenados, ya sin pitarles nadie. Los coches nuevos, los recién llegados, como si hubieran sido aleccionados por los primeros coches del atasco, sabiendo que ya no merece la pena activar el sonido del claxon. Casi todos los coches, un coche, un pensamiento.

Y es que la mujer ha acabado por no ser, ni mucho menos, la única que se ha parado en ese cruce, muchos se unen, muchos emprenden la misma acción, la inacción: frenarse. Y seguramente no necesiten hablar demasiado entre ellos, entre estos subversivos que se paran. Pero alguno sí que abre la puerta del coche y, lentamente, sale y se pone a cruzar unas pocas palabras, muy muy pocas en realidad con otro y con otra y con otros. Un grupo de los subversivos hablando en medio de la cadena de coches, parecido a lo que ocurría en *La autopista del sur*, aquel cuento de Julio Cortázar. Hablando por un sentido práctico, porque lo que tocaba ahora era trabajar, ya habría tiempo de distraerse, de relajarse y de divertirse y de conocerse mejor.

Todos los coches antes parados, frenados por decisión propia tras la mujer, re-arrancando juntos, en cadena, avanzando unidos con marcha segura. Llegan a otro semáforo, otro stop, otro cruce y hacen lo mismo, la misma determinación, la misma inacción. Frenarse y nada más, aguantar los bocinazos del principio, algún insulto, malas caras, dedos corazón, escupitajos mal echados, etcétera; pero, a la postre, ya han reclutado a otros coches más, el grupo va aumentando. Volverán a hablar un poco, menos que antes incluso, irán a más lugares, repetirán las mismas acciones. Acabarán el día en un gran aparcamiento al aire libre, un lugar de las afueras, de la sierra, de la montaña, todos los coches ahí, uno junto al otro, puede que algún conductor efectúe alguna llamada para disculparse de algún compromiso o incluso para explicar la situación, la decisión. Lo más importante es que reclinarán los asientos, sin mirarse en realidad, casi al unísono, descansarán mientras escuchan alguna música relajada, sabrán que están en el camino, que están haciendo lo correcto. La versión Bañista-existencialista de los conductores.

El Tipo con una sonrisa enorme mientras vislumbra esto, la ensoñación de los coches, una secuencia que no cree que hubiera podido visualizar sin una especie de efecto nirvana que ha alcanzado en las últimas horas de Bañera. «Ojalá la primera conductora que se frenara fuera Ella», piensa el Tipo.

Segunda situación con que se ilusiona el Tipo: un hombre que marca el número de uno de esos anuncios de internet en los que se ve a una mujer muy atractiva, a una prostituta, detallando en el mismo las tarifas estándar y que no hace salidas a domicilios, ni siquiera a hoteles y que sí hace todos los servicios menos griego.

El hombre va al lugar, a un domicilio particular en una urbanización de clase media-media. Al llegar al umbral de la puerta del domicilio, una vez sorteada la puerta de acceso a la urbanización, la puerta de entrada al portal concreto y, finalmente, la puerta del enorme ascensor –demasiadas puertas en opinión del pobre hombre, que en cada una de ellas pensó en dar la vuelta, en regresar, en abandonar la decisión–, el hombre observa que esta se abre sola: la prostituta, que espera dentro, no desea extraer su cuerpo ni su cara al pasillo, donde cualquier vecino a través de cualquier mirilla podría contemplarla.

El físico de la mujer es espectacular: alta, con curvas, una piel tersa y bronceada, cara perfectamente simétrica, ojos grandes, labios voluptuosos, unos pechos firmes que se ven a través de la prenda interior que lleva, un culo que aparenta ser muy duro, etcétera, etcétera. Guía al hombre, la mujer, a través de un largo pasillo oscuro hasta que los dos entran en un enorme cuarto con una cama muy amplia en el justo medio del mismo. La mujer no debe de llevar mucho tiempo en el oficio de puta; el hombre, por su parte, tampoco debe llevar mucho en las labores de putero, y ambos se quedan separados por la cama, cada uno a un lado de la misma. La mujer, semidesnuda, ataviada solo con unas braguitas y esa prenda transparente que deja ver sus pechos tersos y unos pezones bastante oscurecidos respecto al tono del resto de la piel.

La prostituta, entonces, ambienta el cuarto con una luz regulable y, acto seguido, activa un aparato de música que hace sonar canciones relajadas. El hombre paga. La puta le pide al hombre que se desnude y este lo empieza a hacer, muy lentamente. Cada vez que el hombre se termina de quitar una prenda –la camisa, los zapatos, los pantalones, los calcetines–, este se frena y le pregunta a la prostituta si debe o no continuar; ella le dice que sí, que claro. El hombre se quita todas estas prendas, y también el reloj y una cadena y una pulsera y, al final, le pregunta a la puta si también se debe quitar el calzoncillo. Ella dice que claro y él se lo quita, dejando ver un pene grande pero no del todo erecto, seguramente paralizado por el temor ante la belleza de la mujer y por la situación.

La prostituta se quita por fin la prenda de encaje y deja ver esos pechos perfectos, tersos, morenos, con los pezones algo erizados y unas aureolas oscuras y grandes, pero no lo suficientemente grandes como para que parezca algo desproporcionado. El pene de este hombre que lucha por apuntar directamente hacia los senos de esta. Y también se baja ella con delicadeza las braguitas, dejando ver su sexo, recogido, labios adentro, y el clítoris, pequeño, intuyéndose en lo alto: la perfección bajo el punto de vista de aquel hombre, la perfección según el Tipo también, que para eso había generado esa imagen tan precisa, tan preciosa, tan perfecta.

Y la puta que hace una seña, indicando al hombre –un hombre que bien podría ser el Tipo dentro de unos años si saliera de la Bañera–, que se tumbe en la cama, y ella que hace lo propio: echarse sobre la cama y mirar al Tipo con una leve sonrisa forzada. Y tal vez sea lo forzado de la sonrisa o lo forzado de la situación, o la sensación de ese hombre, ese Tipo, de que esa mujer no querría estar ahí, de que no querría estar con él, a pesar de que él ya haya pagado, lo que provoca que el Tipo se quede quieto, sin dar tan siquiera un paso hacia la cama, todo frenado, casi en calma. Y la mujer, la prostituta que le vuelve a indicar que se acueste junto a ella, y ella que incluso habla –hasta entonces solo había habido monosílabos por su parte–, mostrando un castellano muy muy precario, con acento brasileiro y le dice que se meta con ella en la cama. El Tipo dirá dos palabras al principio: «No puedo» y, al poco, ante una expresión facial de la puta que transita continuamente, en ida y vuelta, de la incredulidad a la indiferencia, el Tipo finalizará su discurso añadiendo otras dos palabras: «Lo siento».

Y así pasará el tiempo, todo el tiempo en realidad, con la puta, algo confusa pero cómoda en la cama, aún desnuda, mirando al Tipo y diciéndole algo en portugués de vez en cuando y con el Tipo frenado, parado, seco, mirándola con una leve sonrisa de placer mientras su miembro, si cabe, permanece más fláccido que cuando se bajó los calzoncillos para dejarlo al descubierto, más fofo, más colgante.

Sabe el Tipo –y nosotras vemos que en la ensoñación del Tipo ya se ha transformado este por completo en ese otro hombre, en un inicio mayor y ajeno al Tipo (y esto es algo típico de sueños y ensoñaciones, que unas caras se transformen en otras, que las primeras, segundas y terceras personas se fusionen, pero a lo que se niega el Tipo, a pesar de la preciosidad de la puta, es a que esta devenga en Ella)– que si la preciosa mujer de la cama, la prostituta perfecta, se transformase, por aquello de lo mágico de las ensoñaciones, en Ella, aunque Ella estuviera vestida, del todo vestida, el miembro del Tipo se pondría enhiesto enhiesto hasta apuntar casi al techo y harían ahí lo que ambos quisieran hacer, con gran pericia, habilidad, humedad y fluidez, y sería de los mejores encuentros íntimos que Ella habría tenido y de los mejores del Tipo también. Pero no, el Tipo sigue parado; el pene fláccido. No hay en la expresión del Tipo frenado frente a la prostituta, en cambio, nada de desafiante, de malvado, de dañino. Si acaso hay algo de contestatario, pero no para con la prostituta, sino más bien contra todos aquellos que le han metido sus penes erectos en la vagina, en la boca, acaso en el ano si había dejado de cumplir aquello de «todos los servicios menos griego», y en realidad el Tipo y su miembro frente al mundo entero, frente a las prisas, frente a las pulsiones, frente a los humanos que no actúan como tales, que solo escogen imitar de los sagrados animales las peores acciones.

Y la puta le advierte al Tipo que el tiempo que le ha pagado está llegando a su fin, que no le parecía mal que solo la mirase, que no la follara, que no la besara, que no le dejara chuparle la polla, que no hablara siquiera con ella, que no se tocara él mientras la observa, que nada de nada —nada de nada, según la puta, aunque ahí, para el Tipo, para la versión Bañista-existencialista de los puteros, estaba ocurriendo mucho—, pero que el tiempo se está pasando y que ella tenía a otro cliente confirmado en tan solo media hora. Y la puta lo dice mientras, aún en la cama, revisa su móvil.

Y no nos parecía a nosotras, para nada, que el Tipo de la ensoñación estuviera en un estado casi vegetativo, que estuviera ausente ausente, más bien lo contrario: el Tipo había tenido otro choque de consciencia máxima que, cierto es, le había llevado casi al desmayo en primera instancia, pero, a la postre, le había llevado a percatarse más de todo lo que le rodeaba. Detectaba el Tipo el ligero olor a sudado perfumado del cuarto, el olor a cremas de piel de la prostituta que solo camuflaba el olor a lubricidad de su piel, a geles lubricantes que se podía haber echado por ejemplo, según lo que pensaba el Tipo, entre sus dos perfectas tetas para que algún otro putero metiera su pene entre las mismas y lo removiera hasta correrse bien pronto; detectaba también el Tipo que la luz regulable fliqueaba, que parpadeaba de vez en vez, solo durante una décima de segundo o menos incluso, en la cual todo se quedaba a oscuras, tal vez ni un fotograma de los veinticuatro que contiene un segundo de película, pero un fotograma en negro absoluto; también detectaba el Tipo que, dicha luz, crepitaba con frecuencia, que hacía un ruido antes inaudible para él, un leve crujido de cigarra, de grillo casi mudo; y, en fin, muchas más percepciones del Tipo: aquella povisa de polvo bajo la cama, la puerta del armario de la habitación con huellas seguramente de la mujer, huellas que habían quedado ahí porque habría tocado dicha puerta con manos lúbricas, manchadas o empapadas por gel lubricante, también una pila de tres condones sobre un envoltorio de un condón que estaba ya semirrajado, como si alguien lo hubiera comenzado a abrir pero luego se hubiera arrepentido por alguna razón –tal vez la puta abriéndolo mientras masturbaba a un eyaculador precoz que no pudo llegar a ponérselo, tal vez un putero estúpido que la quisiera obligar a hacerlo sin condón, quién sabe– y, en fin, otra vez, que si recogiéramos aquí todo lo percibido por el Tipo en tan solo un par de vistazos, en dos o tres segundos, nos extenderíamos más de cincuenta hojas y eso sin entrar demasiado en todas las consideraciones y especulaciones –como las hechas en lo relativo a ese envoltorio de condón que ya había sido rajado– de las razones por las cuales, por ejemplo, la moqueta roja estaba levantada en la esquina de la mesilla de noche o el cabecero de la cama tenía una ligera mancha sanguinolenta.

El caso es que el Tipo señala la cartera para que la prostituta entienda que puede pagar más si así lo desea. Y ella ensancha los labios en una ligera sonrisa y encoge algo los hombros, se levanta, muy delicadamente, creyéndose una diosa admirada por el Tipo –a pesar de no presentar este, aún, una erección– y va al baño a hacer algo que el Tipo solo puede escuchar: un grifo, alguna salpicadura, el ruido de una toalla deslizándose por la perfecta pero algo lúbrica piel de la puta, el frufrú de la bata de seda que podía guardar en el baño al ponérselo sobre su cuerpo.

Y la puta que vuelve, esperando que el Tipo se vista pronto o que se vaya pronto, pero este sigue ahí, igual, impertérrito. Y la puta se pone algo nerviosa cuando ve que los segundos van pasando, los minutos van pasando, y puede ser que el Tipo le pague ese tiempo extra, pero ¿qué iba a hacer cuando llegara el siguiente cliente? La prostituta se lo dice al Tipo, primero con educación, aunque el Tipo no entiende nada porque ella sigue sin saber hablar correctamente el castellano, y el Tipo, preocupado, se digna a abrir la boca preguntando a la puta si esta, por casualidad, habla también inglés y así se pueden entender, pero ella dice que solo portugués.

Al final, cuando la hora del nuevo cliente se acerca, cuando el ciclo ha acabado, cuando la puta está otra vez casi limpia, con la loción hidratante haciendo que el principal olor de su piel no sea ni la saliva de los clientes ni el semen de los clientes ni su propio sudor o el sudor de los clientes; con la prenda de encaje sobre sus preciosos pechos, dejando las transparencias, a propósito según ve ahora el Tipo, justo en la zona de esos perfectos pezones, y con las braguitas puestas, al final, cuando el proceso ha recomenzado –a pesar de que el Tipo no haya hecho que el proceso anterior haya finalizado como solía finalizar, a pesar de que el Tipo no haya besado a la puta, no le haya chupado sus bonitos pezones, no haya dejado que ella le mamase la polla, no se la haya metido entre las tetas y tampoco dentro de la vagina– la prostituta se pone muy nerviosa y comienza a gritarle al Tipo y a insultarle, exactamente como hacían los conductores a la conductora impasible, y le hace gestos la puta y ahora el Tipo sí que la entiende y sí que le escucha decir *fora fora*.

Pero el Tipo se queda, si cabe, aún más quieto, y su pene, si cabe, aún más fláccido, frente a la prostituta, esquivando, eso sí, cuando ella le lanza el bote de plástico con el gel lubricante y parando un tortazo que ella le quería haber dado en la cara. Una cosa es estar parado y otra aguantarlo todo, piensa el Tipo del ensueño, y también lo piensa el Tipo cuando ensueña a ese otro Tipo. Y al Tipo le habría dado pena la prostituta, igual que le había dado pena en una primera instancia, al ver que ella estaba forzada a hacer eso, a besarle, a chuparle el pene, a tener sexo, etcétera, pero ahora no le da pena, porque ha visto sus reacciones agresivas, y decide quedarse más quieto si cabe.

Y suena el timbre del videoportero y, al cabo, unos pasos que el oído cada vez más afinado del Tipo detecta y, luego, la prostituta no espera a que el nuevo cliente llame al timbre de arriba, sino que abre la puerta antes, esperándole dentro, tal y como hiciera con el Tipo.

Por el parloteo hispanoportugués y las risas que el Tipo, aún parado pero ahora algo expectante, recibe desde la habitación, él sospecha que el cliente y la prostituta se conocen de encuentros pretéritos, y ella no debe de estar queriendo explicarle al nuevo cliente la situación, sino que trata de persuadir al cliente de que lo hagan en el salón, sobre el sofá. Pero el cliente, hombre de costumbres, se niega, y va directo a la habitación, y se encuentra con el Tipo, totalmente desnudo, el pene fláccido.

El nuevo putero, a quien ya se le adivinaba la erección a través de los pantalones sin tan siquiera tener enfrente a la prostituta, se enfada ante la situación y piensa en volverse al Tipo y también piensa en follarse ahí mismo a la puta por lo excitado que está y piensa bastantes idioteces en muy poco tiempo, pero no se une al Tipo, sino que lo insulta y se va del domicilio, sin haber pagado a la prostituta, también enfadado con ella.

Y el Tipo que compensa esto pagando más a la prostituta, quien, tras el enfado, acaba por sonreír, ha ganado el mismo dinero y encima no ha tenido que follar nada, sobre todo a ese cliente habitual, un seboso, sudoroso y mal follador según lo que opina el Tipo que debe opinar la brasileña.

Pero se vuelve a repetir el ciclo: la prostituta nerviosa porque hay concertada otra cita –estaba muy solicitada– y el Tipo impasible. Y el nuevo nuevo cliente que entra y lo mismo, ella intentando convencerle de hacerlo en el salón, pero él, que también la debía de conocer de otros encuentros, que se va directo a la habitación y ve al Tipo quieto, el pene fláccido. Y el nuevo nuevo cliente habla con el Tipo, le pregunta, hasta le grita en algún momento. Y la puta, desesperada, se encierra en el baño, y se la escucha hasta llorar, hasta lamentarse. Pero, tras no escuchar ella ningún conflicto entre los dos clientes –el nuevo nuevo por un lado y el Tipo por el otro–, sale. Y descubre a los dos hombres, obvio, totalmente desnudos, uno junto al otro pero con una distancia suficiente propiciada por lo amplia que era la habitación: el pene del Tipo totalmente fláccido, el del nuevo nuevo, a pesar de ser un pene más pequeño, algo más endurecido por no haberse acostumbrado aún a la situación.

Y ella que se ríe, sin saber qué hacer, y se desnuda, muy sexy, y se contonea y hasta finge que les va a rozar pero no les toca, y se echa en la cama, y se masturba un poco para ellos, provocándoles. Y el pene del nuevo nuevo, claro, aún no acostumbrado a la pasividad, a la quietud apunta casi al techo, pero aun así el cuerpo del nuevo nuevo no se mueve; en él solo se mueve el pene. Y el pene del Tipo, incluso, observando a esa diosa contoneándose y masturbándose, por mucho que fuera un pene romántico, un pene enamorado de Ella, también sube algún grado hasta tener casi una erección, pero muy muy ligera.

Y al cabo llegará otro hombre que se les unirá, y en otro momento llegará otro hombre que les insultará y se irá, y otro día llegará una pareja –la prostituta también ofrecía tríos– que se desnudará de un modo casi coreografiado y se unirán, y luego llegará una mujer –la puta también ofrecía lésbicos– que se les unirá. Todos desnudos, los penes fláccidos mirando abajo, las vaginas nada húmedas, con una sonrisa ligera en todas las caras, mirando a la preciosa prostituta que, sin entender del todo la situación, está contenta ante el dinero fácil y ve a esos impasibles como buenas personas, mucho mejores que los que la invadían con saliva maloliente, semen cálido y purulento, y torpes empellones.

Pero habrá un problema mayor, el proxeneta, que aunque la chica del anuncio presumiera de atender en su piso particular y no depender de nadie, tenía un chulo, que suele ir de vez en cuando al portal de la urbanización, aparcar su Mercedes, reclinar el asiento, poner música y controlar que los puteros –y las puteras, como acabamos de comprobar por aquella pareja que acudió y por aquella otra mujer– entraban a tal hora y salían a tal otra, haciendo un cálculo de lo que debían pagar para ajustar cuentas con la prostituta si algo no le encajaba. El proxeneta subirá, extrañado, gritando, pidiendo explicaciones a la prostituta, que no ha abandonado la casa cuando ya tendría que haber salido, y se encontrará con la situación, y en principio pensará que es una orgía, una enorme orgía con nueve personas más la prostituta, pero dirá que eso hay que pagarlo más y, ante la impasividad de los impertérritos, decidirá pegarle un puñetazo a uno de ellos, que intentará defenderse.

Pero no son tan pasivos estos seres, se defienden siempre el uno al otro, y el Tipo dará un paso al frente, y también lo darán los hombres y las dos mujeres. Y uno de los hombres, el más fuerte físicamente se pondrá frente al proxeneta, esperando el golpe que este finalmente le intenta dar, pero como se trata de una versión Bañista-existencialista de putero, el hombre solo podrá encajar el golpe atrapándolo, como un luchador de aikido, y retorcerá el brazo del proxeneta y luego ya le podrá golpear. Pero el proxeneta volverá a por más golpes, y recibirá, y acabará yéndose, corriendo.

Y los impasibles que decidirán que es tiempo de irse, que le ofrecerán ayuda a la prostituta y que esta no solo la aceptará, sino que se unirá a ellos. Se vestirán ligeramente e irán a otro lugar, tal y como hicieran los coches en fila, para volver a repetir lo mismo, y recibirán insultos, algún que otro golpe o intento de golpe, pero también más adeptos, desnudándose frente a putas, frente a chaperos, frente a bailarinas de *striptease* que en realidad saben hacer algo más que bailar si se les paga bien, frente a *boys* que lo mismo de lo mismo, etcétera.

Y así finaliza la iluminación del Tipo, con estas dos alargadas ensoñaciones que, en realidad, se le habían ocurrido en una sola décima de segundo. Y se sacude de ellas comenzando a incorporarse. Hay mucho que hacer en el mundo de los no-Bañistas ahora.

Por algún motivo, el Tipo no es capaz de salir de un modo adecuado de la Bañera. Algo le ata, alguien le sujeta tal vez. Una fuerza tira de él hacia dentro, le quiere absorber por el sumidero, le tiene atrapado. El Tipo lucha.

# 8

Que parecía haberse prendido el Tipo a la Bañera cuando trataba de salir de ella con excesiva dificultad, teniendo la creencia al incorporarse del todo de haber quebrado una especie de ligazón y, efectivamente, con el Tipo ya de pie, pero aún en la Bañera, pudimos ver una tela de la piel más superficial de la espalda de este que se desprendió hasta caer sobre la lámina más externa del agua. La piel del Tipo, sensible a los cambios, había comenzado a resquebrajarse en algún momento de su nueva vida en la Bañera y ahora parecía estar inmerso en un proceso de regeneración, el Tipo mudando como las serpientes.

Daba igual todo esto, incluso al Tipo le daba igual. Más extraño le pareció al Tipo colocar el primer pie fuera de la Bañera, pisar la toalla y recibir una sensación de extremada sensibilidad, una sensación que parecía nueva por completo, incluso a pesar de que el Tipo ya hubiese hecho alguna expedición siendo Bañista-existencialista.

El cerebro del Tipo recibió esa pisada sobre la toalla de algodón con una inundación de descargas eléctricas que provocó que el Tipo cerrara los ojos, que se acentuaran los acúfenos, que las fosas nasales se le hincharan de aire metálico, la boca llena de un regusto ácido que llenó el apetito del Tipo. ¿Y el tacto? El tacto cálido pero nada acuoso de la toalla lo recibió el Tipo con una enorme sensación de dentera: acababa de salir a un nuevo mundo, como el primer pez que se fue del agua para empezar a evolucionar hacia el anfibio y luego al reptil y luego… Claro que el Tipo ya había salido en este proceso de vida en la Bañera más veces de la misma, pero esta iba a ser más importante, más dilatada en el tiempo, y tanto el cuerpo como la mente lo sabían.

El tacto peludo de la toalla le sacudía con una grima tal que al Tipo le apetecía dar un salto y volver a resbalar sobre la Bañera. Pero el Tipo aguantó, y más aguantó cuando tuvo que colocarse el enorme albornoz sobre el cuerpo, acompañado de un repelús que le hizo estremecerse: el Tipo sin el agua era ahora como un lebrato desprotegido, sin nada de pelaje propio, una cría recién nacida.

Además de estas sensaciones, maximizadas cuando el Tipo comenzó a secarse dándose golpecitos con las manos por todo el cuerpo –un cuerpo que respondió erizando todo el vello–, estaban los mareos. Cada paso en sólido, cada movimiento fuera de la Bañera era costoso, aletargado, pausado y cercano al tropiezo o al desfallecimiento.

Lo siguiente: el Tipo ya seco vistiéndose en su habitación, con el miedo atroz a que un simple movimiento resquebrajara su piel, que el gesto de ponerse la camiseta pudiera terminar de rasgarle todo el pellejo superficial del Tipo, que anudarse un playero pudiera hacer que el pie se comprimiera hasta convertirse todo en polvo, que apretar el cinturón le provocara un desmembramiento, el Tipo partido a la mitad, un ser en dos pedazos.

Tarda en componerse el Tipo, en prepararse para salir a la calle; todo le es extraño, nada es automático: peinarse, elegir una chaqueta del armario, recaudar dinero de alguno de los escondrijos en los que lo solía guardar, etcétera. Tampoco es cuestión de salir a la calle como un cualquiera; al fin y al cabo, se suponía que el Tipo tenía una cita, aunque la hora de la misma tal vez no estuviera clara para Ella.

Solo ahora, volviendo a pensar casi como un no-Bañista, se da cuenta el Tipo de obviedades como de que el apagón eléctrico iba a afectar a los productos que había conservado en el frigorífico, y es que el Tipo aún no había echado en falta volver a tener luz en la casa.

Pensó el Tipo en llevarse junto a él el cargador del móvil, para poder conectarlo en el bar en el que se debía de encontrar con Ella, pero la simple idea de hacer esto le agobiaba, le agotaba; no quería estar sujeto a poder recibir un mensaje de Ella cancelando la cita o aplazándola para otro momento: el Tipo esperaría hasta que llegara, confiaría en las palabras ya dichas en aquella conversación, en el interés y en la inteligencia de Ella, en su intuición.

No podemos decir que el aspecto del Tipo denotase haber estado experimentando durante unas cuantas semanas una vida totalmente distinta y distante de los no-Bañistas, al menos no después de haberse impregnado de alguna crema, alguna colonia y algún fijador para el pelo. Al margen de la delgadez del Tipo y de unas ojeras de muerto incipiente, el aspecto de este era incluso mejor que el del no-Bañista medio de su edad.

Una vez superado el mareo inicial, una vez el Tipo ingiere algo de agua y algún alimento no perecedero de los que guardaba en el frigo, este parece estar disfrutando de su incursión en la vida del no-Bañista, de esta expedición que espera que le pueda servir para ordenarse la cabeza, para estructurar todo lo que debe hacer una vez regrese a la Bañera y deba liderar a los Bañistas-existencialistas. Es este ánimo el que lleva al Tipo a cargar con la mochila que solía llevar al gimnasio –mochila en la que aún guardaba una toalla limpia y unos playeros y una camiseta deportiva desde hacía unas cuantas semanas, cuando el Tipo había planeado ir al gimnasio y, finalmente, como muchas otras veces, no lo había hecho–, pensando que si Ella al final no aparecía por el bar a ninguna hora, él aprovecharía para ejercitarse antes de regresar a su hogar, a su baño, a su Bañera.

Iba a ser la primera vez que el Tipo cruzase el umbral de la puerta de casa desde que hubiera comenzado a ser un Bañista-existencialista. Los preparativos antes de salir, por tanto, se dilataron en el tiempo: comprobar uno que lleva las llaves consigo, la cartera con todo el dinero recaudado de los rincones de la casa, la mochila con lo necesario para entrenar en el gimnasio, mirarse al espejo unas cuantas veces, volver a peinarse, no estar a gusto con la camisa escogida e ir a la habitación a por otra, etcétera, etcétera. Justo antes de salir, el Tipo lanza una despedida a la casa, a Sámuel, a la Bañera misma, a todo aquello que espera volver a ver pronto.
Fuera de casa, puerta cerrada, el Tipo en el rellano, y este observando la mirilla de su vecino, ese presunto escritor que tampoco salía de su vivienda. Y, en parte, se sentía el Tipo reforzado por el misterioso habitante de la puerta de al lado, acaso fuera ese escritor un Bañista-existencialista también, alguien que ya había descubierto los beneficios de habitar en la Bañera.
El Tipo, por una inercia reaprendida de los hábitos del no-Bañista, pulsando la tecla de la puerta externa del ascensor para, al segundo, percatarse de que antes debería solucionar lo de la luz de la casa. Sube las escaleras hasta llegar a ese espacio, cuidándose mucho de no ser visto a través de la mirilla más frecuentada de todo el edificio, la de la vil portera. Efectivamente, al contemplar el cuadro de luces, el Tipo ve que alguien se ha encargado de bajar los interruptores, cortando así su luz: el Tipo vuelve a subirlos.
El Tipo regresa a su rellano y se adentra en el ascensor, no se quería exponer a que le observasen bajar las escaleras a través de las mirillas; se imagina

siendo el tema de conversación de los rellanos, el tema candente en las reuniones de vecinos.

Lo malo es que el ascensor, ya con el Tipo dentro, se detiene también en uno de los pisos inferiores: alguien lo ha llamado. Y el Tipo que ve entrar a una chica joven a la que nunca antes ha visto, que le parece que ni le dice «hola» ni tan siquiera le mira en realidad. Y este ascensor de ya reducidas dimensiones en condiciones normales se le antoja minúsculo ahora al Tipo, una caja cuyas paredes se comprimen y se comprimen hasta que el Tipo no encuentra centímetros de ascensor en los que permanecer sin tocar o ser tocado por el cuerpo de la chica. Y tanto como se comprime el espacio, se dilata el tiempo, con el ascensor descendiendo a velocidad de caracol herido. Parecía haberse convertido ahora el receptáculo, a pesar de la delgadez del Tipo y también de la delgadez de la chica que había entrado, en un lugar para las relaciones íntimas, para hablarse, para tocarse, para bajar o subir abrazados; sin embargo, nada más lejos de la realidad, la mirada de la chica se había adherido a un punto de la puerta del ascensor mientras la mirada del Tipo iba rebotando de una pared a otra, del techo al espejo y de ahí al suelo, evitando cualquier contacto visual con la cara de la chica. Al menos no hubo charla meteorológica, que en esta ciudad gris casi siempre consiste en decir que llueve, que está algo frío, que nieva, que hay tormenta, que hay niebla, que hay muchas nubes o que, ¡milagro!, se ve algo de la luz del sol entre tres o cuatro nubes. Simplemente, el ascensor llegó al piso bajo, la chica se fue sin decir nada y el Tipo salió después, cogiendo aire.

Y sin embargo, hoy sí, el día dejaba ver de vez en vez al sol colándose entre las nubes grises e irregulares, y fue esto lo primero que impactó a un Tipo que, acostumbrado a la lobreguez propia de la Bañera, se llevó las manos a la cara, casi cegándose con estas los ojos para no ser, precisamente, cegado por la fuerza del sol. Cada paso del Tipo es un paso extraño, casi un paso extraterrestre, ajeno al entorno, el Tipo pisando la acera con una perplejidad comparable a la de Neil Armstrong saltando por primera vez sobre la luna, recibiendo todas las sensaciones como si fueran nuevas e irreales: el aire de la calle, las personas que caminan, los perros que van con las personas, los coches…, la exagerada luz del sol.

El Tipo, en la calle, está decidido a verla a Ella y a conversar y a reír y a besarla y a proponerle, incluso, si la conversación pasa por ahí, que se case con él en la Bañera, que sean la primera pareja Bañista-existencialista; y aunque sabe que esto tal vez le suene un poquito extraño a Ella, tiene fe en que todo pueda devenir en boda Bañista. Y hacia ahí que se encamina el Tipo, hacia Ella, hacia el bar donde, según lo que él había dicho y lo que Ella, seguramente, no había escuchado, se iban a encontrar en unas horas. De camino al bar, aún lejos de este, los ruidos de los pocos coches que transitaban la calle le parecían al Tipo exóticos, artificiales, estridentes. Y en una de las callejuelas por las que el Tipo, siempre buscando elegir el camino con menos gente aunque sea el camino más largo y con más cuestas, camina pensativo, tras esperar en un paso de peatones regulado por semáforo en el que se imaginó un desdoblamiento de su cuerpo avanzando por el paso y siendo atropellado por los coches que pasaban, siendo zarandeado su sosías y volando por los aires, tras eso, el Tipo ve venir a uno de los vecinos, y además uno de los pocos a los que solía saludar al Tipo.

El Tipo avanzando hacia el vecino y el vecino hacia el Tipo. El Tipo sin mirar al vecino desde lo lejos, pensando en que este ha podido escuchar rumores sobre el Tipo en estos días, aunque esperando a que estuviera lo suficientemente cerca como para mirarle y saludarle y, sin embargo, cuando el vecino ya estaba casi al lado, parece ni verle y hasta queda mirando para otro lado. Sin embargo, el Tipo escucha un saludo, un «hola» del vecino, pero llega a dudar si este «hola» ha sido solo imaginado o si este «hola» ha sido el suyo propio, el que él ha dicho, palabra verbalizada que al Tipo, sobre todo en este entorno, dentro de este aire externo, le ha sonado extraña, ajena, remota.

Y el Tipo que se imagina que tanta delgadez, tanta palidez y tanta arruga al estar en la Bañera han comenzado a transformarlo en algo diferente, en alguien diferente. Casi ha desaparecido el Tipo, casi no ocupa un lugar, casi no tiene un peso, su cara casi no emite signos, casi no habla, casi no atiende a las palabras. Ha empezado, de veras, a no ser un ser o, para ser más precisas, a ser un no-ser. Dudó luego el Tipo si no estaría envuelto en alguna clase de transformación, en algo parecido a aquello de Gregor Samsa, pensando que tal vez incluso los otros le vieran al Tipo distinto a como él se veía a sí mismo.

Y en aquel instante, encarando el Tipo otra callejuela, surge por la acera ladeada un balón rodando y este es perseguido a gran distancia por otro pequeño tipo, por un niño. El Tipo, con la simple esperanza de poder ayudar, de ser útil, de ser alguien, de servir para algo, comienza a ir también tras el balón de plástico, que ahora recibe las sacudidas de un viento veloz e irregular.

El Tipo corre y corre y corre y corre más. El Tipo esquiva bancos, papeleras, contenedores, farolas, semáforos… El Tipo esquiva a las personas también.

El Tipo da saltos, evitando pisar las deposiciones de los perros o las manchas oscuras que él interpreta como deposiciones –percibidas como manchas por la rapidez con la que el Tipo transita la calle y no por alguna clase de fallo en la visión de este–.

El Tipo corre muchísimo, pero no lo suficiente como para dar caza al balón. El Tipo revive ahora la carrera que dio la noche antes de comenzar a vivir en la Bañera, cuando, estando lleno de alcohol e hinchado de agorafobia, solo pensaba en regresar a casa, al calor, al hogar, al vientre acogedor. Sin embargo, con cada vuelta del balón, con cada circunferencia trazada por ese trozo de plástico hinchado, el Tipo va olvidando, dejando de recordar, el Tipo se limpia en parte, como si el balón contuviera en la superficie el ovillo invisible de la maraña de recuerdos que se amontonaban en la mente del Tipo y este solo tuviera que correr tras él para que dicho ovillo termina ra por desenredarse. Cada circunferencia dada, un pensamiento menos. Cada pisada del Tipo, cada contacto de la suela de las zapatillas con el firme parece ir soltando algún convencimiento, parte de la personalidad del Tipo, alguna noción que hasta entonces consideraba elemental.

El Tipo imagina que todas las personas con las que se cruza se quedan mirando para él –y realmente así vemos que lo hace una gran mayoría: le observan desde lejos sin tanto disimulo como ellos creen para luego apartar la mirada cuando el Tipo se acerca–. Finalmente, tras recorrer varias calles, el Tipo lanza un último esprint desesperado y salva al balón de plástico de entrar en la carretera por solo unos centímetros.

El Tipo, con un hábil movimiento del pie derecho que nos sorprende e incluso parece sorprenderle a él, pasa el esférico del suelo a sus manos y se gira para devolverle este balón de plástico al niño, pero cuando le dice al niño «aquí tienes tu balón», este le responde que qué balón, que el balón ese no es de él, que el de él mola más, que es de reglamento y que nunca lo saca de casa porque se lo ha firmado un jugador de algún equipo de fútbol. Una vez que el niño le ha dado la espalda al Tipo para proseguir con su oficio de niño, el Tipo, con un gesto de extrañeza y con el balón de plástico en las manos, camina hacia un parque cercano buscando algún banco de madera desocupado. El Tipo, ahora, no podría asegurar con firmeza si el niño al que le ha ofrecido el balón de plástico era alguien diferente al niño que comenzó a correr tras el esférico o si hay alguien que está tratando de confundirle. Comenzamos a ver a todos los seres no-Bañistas como un único ser, a todos los niños como si fueran uno solo, una especie distinta donde los llamados individuos no tienen tantas diferencias entre sí.

El Tipo se sienta en un banco dejando que el balón repose sobre su regazo, con cuidado, como si el trozo de plástico fuera en realidad un pequeño perro, un cachorro. El Tipo, con tanta carrera, había dejado de lado la principal razón que había motivado esta salida: Ella. Y el Tipo que vuelve a llevarse con delicadeza el dedo índice de la mano derecha al rostro, colocándolo con una precisión de relojero sobre el labio superior, a modo de bigotito enroscadito, y que lo olfatea con regocijo el Tipo, con pasión, con alivio, con algo de suciedad…: con un comportamiento del todo animal. El Tipo espira preocupado porque le parece que el olor se está yendo poco a poco, que el aire que le rodea se lo está robando. El Tipo entonces vuelve al gesto, una y otra vez, desconfiando de sí mismo, de su olfato.

Se imaginaba ahora el Tipo a los Bañistas-existencialistas del futuro, los de dentro de diez, cincuenta o cien años realizando este gesto, desconociendo el significado inicial, parecido a como ocurre con unos pocos cristianos que efectúan como autómatas la señal de la cruz, y al Tipo esto, en verdad, le resultaba hasta gracioso, hasta estimulante.

Cómo le plantearía a Ella la posibilidad de que le acompañase en la Bañera, de que viviese con él ahí, de que se casasen mediante una ceremonia dentro del baño, de que pudiesen tener un hijo, el primer Bañista-existencialista nacido ya Bañista-existencialista. Tal vez era mucho adelantar lo del hijo o incluso lo de la boda, y el Tipo era consciente de esto, debería de dejar que estos temas brotasen por sí solos en las conversaciones con Ella.

Aún tenía tiempo el Tipo, no obstante, de poder ocuparse de otros menesteres, faltaban unas cuatro horas hasta el momento de la cita presuntamente escuchado por Ella, por lo que quedaban unas dos horas para el instante en que el Tipo quería aparecer en aquel bar, con minutos suficientes para esperarla a Ella por si esta acudiese antes de tiempo.

Así que el Tipo mira en derredor y observa que no está tan lejos del gimnasio al que lleva pagando mensualidades desde que había empezado a vivir en la casa de esta ciudad gris.

El Tipo, aprovechando que va armado con la mochila, se levanta del banco para dirigirse hacia el gimnasio, y el balón de plástico salta en ese instante desde su regazo al suelo y comienza a ser movido con progresiva velocidad a través de las cuestas del parque. No hay persona alguna que persiga al balón ahora, ni siquiera el Tipo. Solo un perro va detrás de él como un obseso y, tras correr bastante, cuando consigue alcanzarlo, lo empieza a mordisquear hasta que el balón de plástico estalla con un ruido similar al de un disparo, al de una pequeña explosión.

Nosotras hemos presenciado el final del balón de plástico, pero el Tipo solo lo ha medio-escuchado. Él está entrando ya al viejo gimnasio: un gimnasio de barrio, un gimnasio caduco, con varias povisas sobre el tartán, regado de ambiente a sudor rancio y desierto de toallas, incluso casi desierto de usuarios y, sobre todo, de usuarias.

El Tipo ha debido de saludar al dueño al entrar, con esa voz baja del Tipo, esa voz tímida y rara, extrañada la propia voz de hacerse escuchar, de salir del continente que es el Tipo. De este modo, esos susurros que él emite adentro, esas letras que el Tipo contempla en su mente, todos esos razonamientos también se pueden transformar en palabra hablada y esta revelación parece sorprender al Tipo después del encierro, sobre todo que la palabra hablada se pueda dar en la presencia de algún oído ajeno, que no suceda como las muchas veces que el Tipo, deseoso en realidad de la relación social, o simplemente necesitado de extraer de la mina del pensamiento alguna frase, alguna locura o alguna idea, se hablaba a sí mismo, fuera en su vida de no-Bañista o, sobre todo, siendo un Bañista-existencialista.

Pero el Tipo ahora no lanzó ninguna reflexión profunda, ninguna grandilocuencia, el Tipo aún no verborrea de puertas afuera, el Tipo expulsó un «hola» bajito, seguramente imperceptible para un dueño del gimnasio que, dentro de su garita, a unos diez metros de la puerta de entrada desde la que saluda el Tipo y sin posibilidad geométrica de verle a este, seguramente hojeaba y ojeaba alguna revista, fuera de *fitness* o de mujeres desnudas.

El Tipo entra al vestuario con tanta velocidad que, de un modo u otro, nos deja a nosotras en el umbral de la puerta, secas, frenadas, algo ajenas a este primer Bañista-existencialista. ¿Hay alguien ahí? No hay más hombres en el vestuario que el Tipo, pero sí aparece una mochila abierta, dos zapatos desanudados, una camiseta: los restos de otro usuario del gimnasio, restos que no guardaba en una taquilla porque aquí ni siquiera había.

Y el Tipo que piensa amortizar la mensualidad de una sola vez, de esta vez, hacer todos los ejercicios físicos que pueda, el Tipo que recobra más solidez si cabe. Pasa por delante de la garita fugazmente, pero ni mira al dueño, que permanece obnubilado con cualquier revista, sin atender al negocio.

El Tipo, activo, realiza cuatro series de *press* de banca: empieza por 60 kilos, luego 65, luego 70, por último 75. El Tipo no sabe de dónde sacan sus ahora enjutos brazos la potencia para mover esos pesos. Él se siente libre, satisfecho, realizado. Como indicaban aquellos zapatos desnudos, hay otra persona en el gimnasio además del Tipo y el jefe, otro hombre, pero pronto encara el vestuario, se va, y el Tipo alegre, disfrutando, solo en el gimnasio, la única compañía del dueño en su garita, recluido, distraído.

Bastantes ejercicios después, el Tipo está más excitado que cansado, pero es la cabeza y no el cuerpo quien le avisa al Tipo de que tal vez debería irse al vestuario, ducharse, volver a ponerse la ropa de antes, arreglarse, encaminarse hacia el lugar donde presuntamente se verá con Ella. Remolonea el Tipo, juguetea con la decisión, va caminando hacia el vestuario pero decide que, si encuentra una máquina con la que no se haya ejercitado, se parará a probarla, hace ese pacto con la cabeza. El Tipo gastando el tiempo en el gimnasio, dedicado a la solidez de los pesos y el frío del metal: opuestos a los elementos propios de la Bañera.

Cuando se va, cuando en su camino no surgen más máquinas vírgenes, el Tipo acaba solo en el vestuario, desaparecidos ya tanto la mochila como los zapatos desanudados de aquel otro hombre. El Tipo, alegre por la soledad, no puede observar cómo se van apagando las luces del techo de la sala principal: clic y no hay luz en la zona de mancuernas, clic y no hay luz en la zona de bicicletas estáticas, clic y no hay luz en la zona con los bancos de press y las máquinas; el Tipo solo escucha cómo se va el sonido del anticuado hilo musical. El Tipo se percata entonces de una hora, de la hora que es, el Tipo se percata incluso del día, de que hoy es sábado en realidad y se acuerda de que es costumbre que ese viejo gimnasio cierre el sábado a mediodía y ya no abra hasta el lunes, especialmente en estos meses, en los meses de verano.

Realmente el Tipo piensa en esa posibilidad, en la de que tal vez se pueda quedar atrapado en el gimnasio, y esto le recuerda al Tipo un sueño de su niñez: quedarse encerrado en la planta de videojuegos del centro comercial y poder jugar sin parar con las consolas que ahí tenían, y a un sueño de su adolescencia: quedarse encerrado en el ascensor del edificio de la casa de sus padres con una vecina joven y preciosa y agradable que tenía por aquel entonces, y a un sueño de su juventud: quedarse encerrado en una biblioteca y poder pasarse todo el tiempo ojeando unos y otros libros en soledad. El Tipo espera, como esperamos nosotras, que el dueño del gimnasio, tras haber apagado luces e hilo musical desde su garita, salga de esta, pase la llave, meta un par de revistas de chicas desnudas en el viejo maletín que llevaba siempre consigo, coloque los discos de una o dos barras que algún zángano usuario ha dejado sin recoger, pero no las mancuernas que otros zánganos usuarios también han dejado tiradas por el tartán porque tampoco quiere hacer demasiado esfuerzo; el Tipo espera que el dueño salga de la sala para acudir al vestuario femenino, como solía hacer a pesar de estar este casi siempre vacío, que llame con sus rechonchos nudillos a la puerta y que, acto seguido, sin dejar tiempo a la respuesta, la abra mientras sonríe, que pregunte si hay alguien a pesar de que la luz permanece apagada, que encienda él mismo la luz para apagarla al poco y que, después, acuda al vestuario masculino, abra la puerta, vea la luz encendida, escuche el agua de la ducha, pregunte si hay alguien, responda el Tipo que sí, que está él, y ya luego saldrá este, saludará de nuevo al jefe del gimnasio —esta vez con la certeza de que el jefe le escucha y le ve— y por último se secará rápido y se vestirá rápido y saldrá rápido el Tipo hacia el bar donde ha quedado, presuntamente dentro de unas horas, con Ella.

Pero no, obviamente no. El jefe del gimnasio sí hace lo de las revistas en el maletín y lo de recoger algunos discos y dejar otros desperdigados, pero no se acerca ni a uno ni a otro vestuario, convencido seguramente de que nadie había, sin la necesidad de hacer la gracieta estúpida de apretar los nudillos contra la puerta del vestuario femenino al no haber ojos que presencien su performance de gañán.

Lo que sí escucha el Tipo, que, impaciente al pasar tanto tiempo, ya ha girado el mando de la ducha y se dispone a salir hacia su toalla, es el golpe metálico y seco de la verja de la entrada, el ruido que se produce cuando esta se cierra. Y el Tipo sí que se enfunda la entrepierna en la toalla anudada a la cintura y se ajusta bien las chanclas y se sacude algunas gotas de humedad que caen por su cuerpo antes de salir corriendo por la puerta del vestuario, esperando que todo fuera una chanza, una especie de juego del jefe del gimnasio, aficionado este a las bromas tontas.

Pero, obvio, tampoco. El Tipo se encuentra con todo oscuridad y se choca de camino a la puerta principal con algún objeto, aunque llega finalmente a la puerta y la golpea, pero está totalmente cerrada y, además, si la pudiera abrir, quedaría la maldita verja exterior, y el Tipo grita y grita buscando que alguien le oiga, y luego se esfuerza por entornar los ojos para observar en un reloj de la entrada del gimnasio que aún faltaban unos diez minutos para la hora del cierre que se indicaba en el viejo papel que contiene el horario de verano, y el Tipo maldice al dueño del gimnasio.

Se va hacia el otro extremo de la sala, donde hay una pequeñísima ventana translúcida y descorre una hoja de la ventanita, pero esta solo da a una pequeña calle nada transitada que el Tipo ve, además, a través de unos gruesos barrotes. El Tipo grita y grita, de nuevo, y nada. Y el Tipo piensa en refugiarse, en encerrarse, en acudir a las gotas de agua de la ducha que, aun no siendo una Bañera, le podrían servir. Pero descarta esto el Tipo. Y el Tipo que piensa en Ella sin dejar de moverse, claro, pero el Tipo también piensa en la calle, en el parque, en el sol, en la luz, en el aire, las personas, animales, árboles, libros, etcétera.

Y con el Tipo revoloteando por el gimnasio, de la ventana a la puerta y de ahí, nuevamente, a la ventana, pareciéndose este a aquel cuervo del poema de Edgar Allan Poe que repetía «nunca jamás» una y otra vez; nosotras, mientras, nos alejamos inevitablemente del Tipo, atravesamos las porosas paredes del gimnasio, ya no podemos ayudarlo más, jamás.

Nosotras, palabras agrupadas para conformar este relato, nos encaminamos hacia la siguiente historia, la del próximo Bañista-existencialista tal vez, puede que el ruso, puede que el otro vecino y presunto escritor, puede que tú. Permaneceremos, como espías, aguardando tras cada uno de esos agujeritos que componen las paredes de las casas, allí donde el Tipo imaginaba microcámaras, en cada uno de los orificios de los enchufes también; en cada partícula del aire de la calle habrá al menos un puñado de nosotras y seremos cercanas o frías, positivas o negativas, evolucionaremos o no, dependiendo de los personajes, de nuestro personaje.

Ahora, sin embargo, ya lejos del Tipo, nos ocurre lo mismo que a él cuando se descomponía en pequeños tipos, nos parece que nos fragmentamos, nos evaporamos, al menos de momento dejamos de estar, dejamos de ser, apenas existimos. Pero puede que sea solo una falsa sensación; las palabras no debemos extinguirnos. Y tal vez sea él, el Tipo, quien acabará por diluirse en sus propias inseguridades y miedos. Sí, nos vamos, ya marchamos en busca de otra historia, de otro habitáculo, de otro Bañista, de otro algo.

Y partimos sin saber realmente si hemos sido nosotras quienes abandonan a ese tipo o si es él quien se ha alejado de nosotras. Sea como sea, las palabras del relato y el personaje nos despedimos a la francesa.

La felicidad está fuera, la felicidad está ahí fuera, piensa en baj

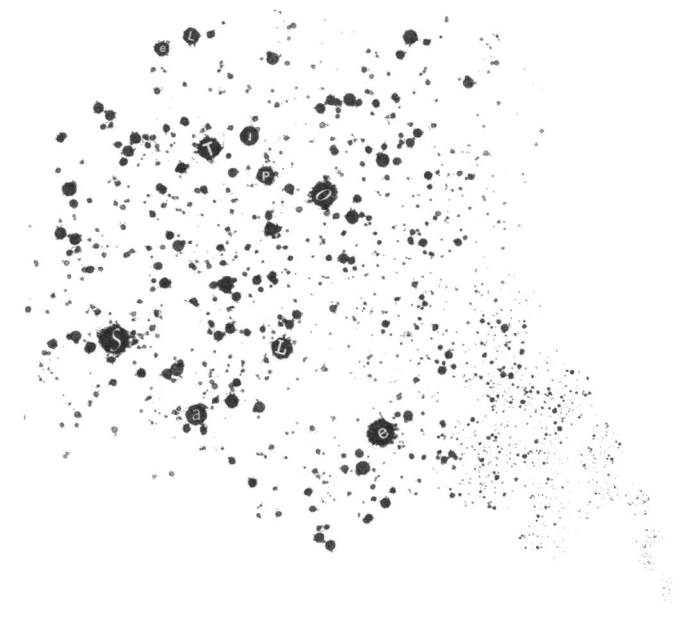

Primera edición: junio de 2024

*Todos los derechos reservados*

Promueve:
Consejería de Ordenación del Territorio, Urbanismo,
Vivienda y Derechos Ciudadanos del Principado de Asturias
(Dirección General de Juventud)

Edita:
Consejería de Ordenación del Territorio, Urbanismo,
Vivienda y Derechos Ciudadanos del Principado de Asturias
(Dirección General de Juventud)
y Ediciones Trabe

Ilustración de cubierta y fotografía del autor: Andrea Alcón
Corrección de textos: Esther Prieto

Impreso en Asturias

Depósito legal: As-00070-2024
ISBN: 978-84-10345-04-1